Ralf Romahn

Kindstod

Mord in Berlin-Mitte
und andere Kriminalfälle

Das Neue Berlin

Inhalt

Der freundliche Hochstapler

Es war im Frühjahr 1983 und ich Leutnant der Kriminalpolizei. Mir war signalisiert worden, dass ich am Tag der Volkspolizei, also am 1. Juli, noch einen Stern auf die Silberlitze bekommen würde. Oberleutnant der K nach nur zwei Jahren, hatten die Kollegen in der VP-Inspektion gesagt, als sie davon Wind bekamen: alle Achtung. Und das meinten sie durchaus anerkennend und frei von Neid. Sie konnten es ohnehin nicht verhindern. Doch weshalb sollten sie das? Ich wurde vom Kollektiv unserer Dienststelle in Mitte vom ersten Tag an angenommen, nachdem ich die zweijährige Ausbildung an der Polizeischule in Aschersleben mit Auszeichnung bestanden hatte und gleich zum Leutnant ernannt worden war. Als einziger Absolvent. Die anderen kehrten als Unterleutnant in ihre Dienststellen zurück.

Und nun bald schon Oberleutnant.

Einverstanden, es gab nie eine Phase in meinem kurzen Leben, in der mich der Ehrgeiz verlassen hatte. Egal, welchen Arbeit ich machte: Ich wollte sie gut machen. Hob ich mich dabei ab von den anderen, war also besser als sie, lag es nicht unbedingt an mir.

In den frühen siebziger Jahren war ich bei den Kampfschwimmern in Kühlungsborn. Ich besaß die Hochschulreife und wollte später Meeresbiologie studieren. Dieses Berufsziel hatte weniger mit meiner Liebe zu Fischen denn mehr mit dem Wunsch zu tun, die DDR auch einmal von außen zu sehen – vor Erreichen des Rentenalters. An der Oberschule in Gera hatte mich mein Biologielehrer gleichsam angesteckt. In der 11. Klasse untersuchten wir die Wasserqualität der Schwarzen Elster, die durch die Bezirksstadt floss. Das brachte mich auf den – wie man heute sagen würde – Öko-Trip. Wir sahen, welche Folgen der tägliche Eingriff von uns Menschen in die Natur zeitigte: Verkehr, Produktion, der Rauch aus unseren mit Braunkohle befeuerten Wohnzimmeröfen und, wie von uns Oberschülern gemessen, der Dreck in der Elster. Wir wurden ökologisch erzogen, ohne dass es als Fach im Stundenplan stand. Und so reifte bei mir der Wunsch nach einem entsprechenden Beruf, neben der schon erwähnten anderen Intention.

Von einer Verpflichtung als Längerdienender versprach ich mir einen Hilfspunkt bei der Studienbewerbung. Vier Jahre lang diente ich, treu und mit Überzeugung, meinem Vaterland. Noch vor der Entlassung aus der Marine beantragte ich mein Seefahrtsbuch, weil davon auszugehen war, dass ich es als Meeresbiologe brauchen würde. Das Buch war wie ein Reisepass. Man brauchte es, um die Hoheitsgewässer der DDR – und das waren damals drei Seemeilen – legal verlassen zu dürfen. Wider Erwarten erhielt ich eine Absage. Ich zog die Uniform an und marschierte zum Wehrkreiskommando, an meiner Kieler Bluse pendelten die Eicheln an der Schützenschnur, klapperten die Anhänger am Bestenabzeichen, neben der Quali-Spange glänzte das Leistungsabzeichen und diverse andere Soldatenauszeichnungen, ich war mit Metall behängt wie ein Kriegsveteran der Roten Armee. Die Militärs im Wehrkreiskommando ließen sich davon wenig beeindrucken. Genosse Maat, klärten sie mich auf, es gebe nun einmal Vorschriften, auch wenn sie meinen Einsatz zum Schutz der DDR und des Friedens durchaus zu schätzen wüssten. Und die Vorschriften besagten, dass ich als Angehöriger einer Spezialeinheit das Land zehn Jahre lang nicht verlassen dürfte.

Wütend hielt ich dagegen, dass wir im Ernstfall an fremden Gestaden Brückenköpfe errichten und in auswärtigen Häfen Schiffe versenken sollten, da verließe ich auch die DDR, worauf die Genossen im Wehrkreiskommando widersprüchlich reagierten. Das sei etwas ganz anderes und nicht vergleichbar, das geschähe im Kriegsfall. Unser Klassenauftrag, also meiner und ihrer, bestünde jedoch darin, den Frieden zu sichern, also zu verhindern, dass eben jener von mir angeführte Fall je einträte.

Ich trollte mich aus dem Wehrkreiskommando und schrieb eine Beschwerde an Admiral Ehm. Der Chef der Volksmarine, zugleich Stellvertretender Verteidigungsminister, war ein leutseliger, umgänglicher Mensch, wie nicht nur die Marineangehörigen in Warnemünde wussten. Vielleicht würde er mir zu einem Seeleute-Ausweis verhelfen können.

Allerdings war auch die Macht des Admirals endlich, gegen die Gesetze und Vorschriften kam er nicht an. Min Jong, ließ er mich altväterlich wissen, du hast dich seinerzeit dieser Vorschrift unterworfen. Hatte ich wirklich? Ich konnte mich jedenfalls nicht daran erinnern, jemals eine solche Verfügung unterschrieben zu haben. Was aber nicht hieß, irgendwann nicht doch meine Unterschrift unter eine derartige Verpflichtung gesetzt zu haben. Wissentlich ganz gewiss nicht, denn dann wäre mir bewusst geworden, dass ich nach dem Studium noch mehrere Jahre ans Land gefesselt sein und vor 1984 kein Seefahrtsbuch erhalten würde.

Nun war es so, dass man sich hierzulande um jeden kümmerte, selbst wenn man dies nicht wünschte. Ersatzweise bot man mir als Alternative ein Studium als Agraringenieur oder als Physiotherapeut an. Als ich mich mit meinem Seesack zur Kleiderkammer begab, um abzumustern, war mir jedoch klar: Das machst du nicht! Ich ging nach Berlin und begann als Hilfsarbeiter im VEB Elektrokohle Lichtenberg. In diesem Großbetrieb produzierte man noch wie zu Kaisers Zeiten, als für die Rüstungsindustrie Großkohleerzeugnisse hergestellt wurden. Der VEB stellte als einziger Betrieb im ganzen Land Zeug aus Graphit für die Industrie her. Ich kam als Ofenarbeiter in die »rollende Schicht« und presste bei einigen tausend Grad Silikonheizleiterstäbe. Täglich gingen zwei Waggons in die Sowjetunion, die Stäbe brauchte der Große Bruder zur Fertigung von irgendwelchen Spezialstählen für die Raumfahrt. Das hieß nicht nur für die bemannte, sondern auch für die vielen Beobachtungssatelliten der Kosmos-Reihe, die im Wochentakt in Baikonur in den kasachischen Himmel geschossen wurden und jahrelang die Erde umkreisten.

Die Produktionsbedingungen waren erbärmlich. Die gesundheitsschädliche Arbeit bei Dreck, Lärm und Hitze wurde jedoch fürstlich entlohnt. Selbst ich als angelernter Hilfsarbeiter kam mit den Zuschlägen auf über dreitausend Mark im Monat, so viel bekam ein Kombinatsdirektor. Nun begriff ich auch, woher die Bezeichnung »Mörderkohle« kam, denn die Arbeit war mörderisch. In dieser Hölle hielt man es nicht lange aus. Entweder ging man rechtzeitig oder zugrunde. In den Pausen tranken wir nicht Tee, sondern Schnaps, weil wir es bis zum Schichtende sonst nicht geschafft hätten. Man hatte die Wahl, sich entweder zu Tode zu schuften oder zu Tode zu saufen. Beides hatte ich nicht vor. Aber was war die Alternative?

Im Sommer '76 kam der Kollege Zufall des Wegs. Ich malochte bereits ein Jahr in Lichtenberg. Meiner Frau wurde im Centrum Warenhaus am Alex die Handtasche geklaut. Mit allen Papieren und auch dem Scheckheft. Das waren damals kleine, quadratische, in Grün bedruckte Blättchen im Block. Man konnte damit in der Zeit vor Erfindung der Geldkarten wunderbar einkaufen. (Was die Diebe auch taten. Sie räumten unser ganzes Konto leer und noch einiges mehr. Vorzugsweise kauften sie elektrotechnische Konsumgüter für mehr als achttausend Mark, ehe sie in eine von der Kriminalpolizei gestellte Falle tappten. Es handelte sich um ein Pärchen. Die Frau hatte eine gewisse Ähnlichkeit mit dem Passfoto in Reginas Ausweis, der bei der Bezahlung mit Schecks stets vorgelegt werden musste. Deshalb hatte der Betrug ja auch funktioniert.)

Wir erstatteten unmittelbar nach dem Diebstahl Anzeige in der nächstgelegenen VP-Inspektion. Die befand sich in der Keibelstraße. Dort bekamen wir es mit einem Gerhard Scheller zu tun. Der war Hauptmann der Kriminalpolizei und ein ziemlich angenehmer Zeitgenosse. Er nahm alles auf, meine Frau und ich mussten Schriftproben abgeben, um die Unterschriften bei den Schecks zu prüfen und um die Urkundenfälschung vor Gericht zu beweisen. Ich traf Scheller in der Folgezeit wiederholt. Wir sprachen nicht nur über den Diebstahl, sondern auch über meine schweißtreibende Tätigkeit im VEB

Elektrokohle. Irgendwann sagte Scheller: »Komm doch zur Polizei.« Ich sei Genosse und Obermaat der Reserve, das heißt die vier Jahre bei der Volksmarine würden auf die Dienstzeit beim MdI, also dem Ministerium des Innern, angerechnet werden.

Bei Offerten solcher Art fragte man in der Regel nach: Was habt ihr zu bieten?

Diese Frage stellte ich natürlich auch. Scheller antwortete: 820 Mark plus 135 Mark Bekleidungs- und Verpflegungsgeld sowie ein gesünderes Leben als jenes, das du aktuell führst.

Das Letztere sei ein gewichtiges Argument, entgegnete ich. Über den Rest müsse ich erst mit meiner Frau reden. Das bedeutete nämlich, dass ich weniger als ein Drittel von dem bekäme, was ich sonst am Monatsende mit nach Hause brachte. Außerdem wollte ich, erklärte ich, wenn ich mich denn tatsächlich entschließen sollte, sein Angebot anzunehmen, zur Kriminalpolizei und zu keiner anderen Sparte.

Scheller nickte und fragte nicht nach Gründen.

Daheim musste ich nicht lange mit Regina diskutieren. Auch für sie stand die Gesundheit im Vordergrund. Was nütze uns die fette Kohle, wenn du in zehn Jahren auf dem Zahnfleisch kriechst und in zwanzig Jahre völlig ausgebrannt bist, fragte sie rhetorisch. Meine sportliche Vergangenheit würde mich in diesem Job jedenfalls nicht bis zur Rente tragen.

Ich war noch lange keine dreißig und dachte nicht an den Lebensabend, aber die nüchtern urteilende Regina hatte natürlich recht: So weit würden die Körner nicht reichen. Und was die finanzielle Einschränkung betraf: Viele Menschen in diesem Lande kamen mit weit weniger aus.

Ich sagte also Scheller zu und wurde im April '78 als Polizeianfänger eingestellt. Man schickte mich als Wachtmeister ins Lehrrevier 242 nach Köpenick. Dort, in der Bölschestraße, sollte ich ein halbes Jahr als Wachtmeister Erfahrungen sammeln, ehe ich bei einem Lehrgang in Potsdam zum Hauptwachtmeister der K ausgebildet werden würde. Die Monate in Köpenick waren fantastisch, eine bessere Einladung zum Polizeidienst hätte es nicht geben können. Wir waren die meiste Zeit an der frischen Luft und wenig im Büro, fuhren Streife rund um den Müggelsee und waren auch zu Fuß unterwegs. Zu den eher ungewöhnlichen Einsätzen gehörte die Begleitung einzelner Panzer, die per Bahn eintrafen und durch das nächtliche Berlin mit Blaulicht in die sowjetische Garnison in Karlshorst geleitet werden mussten. Jenseits der Hermann-Duncker-Straße lag »Karlowka« – mehr als dreihundert Häuser und Kasernen, und eben da befänden sich auch die Panzerunterstände und Garagen. Von dort waren 1953 die Tanks in die Berliner Innenstadt gerollt, um für Ruhe und Ordnung zu sorgen. Die Jungs in den neuen Panzern hatten es immer sehr eilig, sie wollten rasch in die Kaserne kommen und traten aufs Pedal. Mit 70 km/h knatterten sie nachts gegen zwei Uhr von Köpenick nach Karlshorst und wir mit Blaulicht vornweg.

In Potsdam lernte ich den Bürokram der Polizeiarbeit: Schreibmaschine schreiben, Anzeigen aufnehmen und andere Verrichtungen, was nur sehr bedingt etwas mit kriminalistischer Ermittlungsarbeit zu tun hatte, aber eben nötig war. Dann kam ich ins Kommissariat 7, zuständig für Kinder- und Jugendkriminalität, in eben jener Keibelstraße in Mitte. Ich war Hauptwachtmeister der K. und wurde im Frühjahr '79 zum Kadergespräch befohlen. Dabei ging es um meine weitere Entwicklung.

Die Bezeichnung »Kadergespräch« war insofern irreführend, als sie suggeriert, dass sich die Vorgesetzten mit einem jungen Menschen – Nachwuchskader geheißen – über dessen mögliche Zukunft ergebnisoffen austauschten. Überall und in allen Branchen wurden an jedem Tag solche »Kadergespräche« geführt. Und bei allen stand das Ergebnis eigentlich schon fest: Zuvor hatten nämlich die Verantwortlichen die Köpfe zusammengesteckt, Kaderpläne entwickelt und Weichen gestellt. Im Gespräch wurde dann der »Vorschlag« unterbreitet, dem der Kader zustimmte. Oder auch nicht. Zögerte er oder lehnte gar ab, wurde argumentativ nachgearbeitet. Biss man trotzdem auf Granit, wurde eine eventuelle Parteizugehörigkeit ins Spiel gebracht und ein

Parteiauftrag erteilt. Dem konnte sich der Kader kaum entziehen: Wenn »die Partei« beschlossen hatte, diese oder jene Laufbahn einzuschlagen, dann durfte man sich schlechterdings nicht verweigern. Oder man war ein schlechter Genosse.

Mein Kadergespräch endete mit dem Vorschlag, noch im Herbst an der Fachschule des MdI »Wilhelm Pieck« in Aschersleben ein Studium zu beginnen. Das sollte zwei Jahre dauern.

Allerdings – die Vorgesetzten hatten meine Kaderakte sehr aufmerksam studiert – müsse ich jetzt meine Westkontakte einfrieren. Die hatte ich zwar nicht, wohl aber meine Eltern. Zwei Brüder meiner Mutter lebten in der Bundesrepublik. Ich sollte Unterschriften meiner Eltern beibringen, dass auch sie künftig keine Beziehungen mehr zur Verwandtschaft im Westen unterhalten würden. Mein Vater, klassenbewusster Bergmann und Mitglied der SED, griff sich bei diesem Ansinnen an den Kopf. Ich solle mir besser einen andere Arbeit suchen, knurrte er verärgert und unterschrieb nicht. Aber auch das war wieder typisch DDR: keine Regel ohne Ausnahme. Meine Vorgesetzten schauten durch die Finger und schickten mich trotzdem nach Aschersleben. Und ich ließ mich zum Offizier ausbilden. Mit künftig 1300 Mark würde ich zwar weniger als meine Frau verdienen, aber mich reizte die Tätigkeit als Kriminalist. Ich wollte ermitteln und Täter jagen, dem Gesetz und der Gerechtigkeit zum Siege verhelfen.

Das hatte zunächst nichts mit Ideologie und Bewusstsein zu tun, sondern erschien mir als eine abwechslungsreiche, bisweilen spannende Arbeit.

Diese Erwartung erfüllte sich seit meiner Rückkehr aus Aschersleben. Und als mich Oberst Werner Gutzeit im Frühjahr '83 zu sich rief, hoffte ich darauf, wieder einmal einen interessanten Auftrag übertragen zu bekommen. Sicher sein konnte ich mir allerdings nicht. Wenn der Chef der VP-Inspektion einen zu sich befahl, musste dies nicht zwingend etwas Gutes bedeuten. Oft gab es auch ein Donnerwetter. Gutzeit schien aber guter Laune und seinem Namen Ehre zu machen, als er mich aufforderte, vor seinem aufgeräumten Schreibtisch Platz zu nehmen. Ich sah zwei Blätter vor ihm liegen. Im Kopf der beiden Briefe waren die Signets der Absender zu erkennen.

Der Oberst, wie meist in Uniform, schob mir die beiden Blätter zu und forderte mich auf zu lesen. Er zündete sich eine Zigarre an und lehnt sich in seinem Arbeitssessel zurück, für die Lektüre räumte er mir erkennbar Zeit ein.

Das eine Schreiben war an die Orthopädische Klinik der Charité gerichtet. Absender war der VEB Kommunale Wohnungsverwaltung Berlin-Mitte (KWV), also die Wohnungsverwaltung des Stadtbezirks. Das zweite Schreiben war von der Charité und ging an die Kreisleitung der SED in der Friedrichstraße 165.

»Die Briefe habe ich vom Kaiser erhalten«, schickte Gutzeit erklärend voraus. Das war der 1. Sekretär der SED-Kreisleitung, der den Spitznamen »Erster Kaiser« trug, was durchaus auf seine Stellung und sein Selbstverständnis zielte. Viele wichtige zentrale Institutionen befanden sich auf seinem Territorium, so auch die größte Klinik der DDR. Deshalb war die SED-Kreisleitung von Berlin-Mitte natürlich viel bedeutender als etwa die in Calau oder Kyritz. Doch alle glichen sich in einem: Sie waren der kollektive Kummerkasten des Kreises. »Die Partei« fühlte sich für alles zuständig, also bekam sie auch alles auf den Tisch (neben den vielen Dingen, die sie sich selbst auf den Tisch zog). Wenn es ein Problem gab, und war's noch banal, schrieb der Bürger eine Eingabe. Und die musste binnen vierzehn Tagen beantwortet werden. So verlangte es das Gesetz.

Den Klinik-Chef hatte eine Korrespondenz mit der Wohnungsverwaltung irritiert, und für die Kriminalpolizei schien es ihm zu läppisch, weshalb er sich an die Kreisleitung gewandt hatte, die schließlich für alles zuständig war. Und der »Erste Kaiser« wiederum hatte offenkundig das Problem an die VP-Inspektion delegiert, denn kriminalistische Ermittlungen waren deren Sache und nicht die der Partei. Am Rande irgendeiner Zusammenkunft hatte Kaiser die beiden Schreiben mit den entsprechenden Bemerkungen an Gutzeit übergeben, wie ich von ihm hörte.

Ich las und schüttelte ein ums andere Mal den Kopf. Gutzeit beobachtete mich amüsiert.

Na, sagte er, als ich die Lektüre beendet und die beiden Bögen wieder auf den Schreibtisch zurückgelegt hatte. »Das ist doch mal eine echte Herausforderung, nicht wahr?«

Auch ohne sein Grienen registrierte ich seine Ironie.

»Geh mal der Sache nach. Diskret natürlich. Und was du rausbekommst, lässt du nur mich wissen. Kein Papierkram, keine Auswertungsrunden, alles piano.« Gutzeits Hände hoben und senkten sich über der Schreibtischplatte. »Haben wir uns verstanden?«

Was gab es da nicht zu verstehen? Das Ganze konnte eine Luftnummer sein. Und wenn es das nicht war, lud es Trittbrettfahrer zur Nachahmung ein. So oder so schien es vernünftig, den Ball flachzuhalten. Da hatte der Oberst völlig recht.

Das erste Schreiben war Anfang des Jahres von der KWV aufgesetzt worden. Darin ließ die Wohnungsverwaltung den Klinikchef wissen, dass sie seiner Bitte habe entsprechen können. Dem genannten Patienten sei eine Einraumwohnung im Nikolaiviertel zugewiesen worden. Und wenn wieder einmal Unterstützung erforderlich sei, könne er sich gern vertrauensvoll an die KWV wenden. Mit freundlichen Grüßen.

Das zweite Schreiben kam vom Klinikchef und war an die SED-Kreisleitung gerichtet. Mit Bezug auf das in der Anlage beigefügte Schreiben der KWV teilte der entrüstet mit, dass er sich nicht erinnere, irgendwelche Bettelbriefe versandt zu haben, deren Erfüllung ihm quittiert wurde. Er habe nach Eingang dieses Schreibens bei der KWV angerufen und sich nach dem Anlass erkundigt, worauf man auf ein Schreiben von ihm verwies, das im August 1982 bei der Kommunalen Wohnungsverwaltung eingegangen war. Das alles, so der unterzeichnende Professor von der Charité, erscheine ihm reichlich unverständlich. Vielleicht könne sich die Partei mal darum kümmern.

Und nun sollte ich es.

Ich machte mich also auf zur KWV. Die saß in einem Haus im Nikolaiviertel. Das Areal rings um die Kirchenruine war eine einzige Baustelle, einige Häuser standen noch oder bereits. Die Wohnungsverwaltung hatte sich im Eckhaus gegenüber dem Roten Rathaus einquartiert. Die Chefin reagierte entschuldigend auf meinen vermutlich etwas neidvollen Blick, es handele sich nur um eine Zwischenlösung, klärte sie mich auf. Jenseits der S-Bahntrasse, in der Dircksenstraße, entstünde demnächst die neue KWV-Zentrale, sie solle bis zum Berlin-Jubiläum 1987 fertig sein. Wie das gesamte Nikolaiviertel, schob sie lächelnd nach.

Ach, sagte ich ironisch, meinetwegen könnte die KWV selbst im Palast der Republik da drüben residieren, wenn denn endlich alle Wohnungssuchenden in der Hauptstadt auch eine ordentliche Behausung bekämen.

Die junge Frau wischte sich eine Haarsträhne aus dem schmalen Gesicht. »Wir verwalten nur, wir bauen nicht.« Sie wies auf den Stuhl, auf dem ich Platz nehmen sollte.

Inzwischen war die sonst obligatorische Frage, ob man einen Kaffee wünsche, landesweit abgeschafft. Auch sie stellte diese Frage nicht, wie es vor Beginn jedes Gesprächs vor Jahren noch üblich gewesen war. Die Kaffeekrise hatte auch die DDR erreicht: Aufgrund einer Missernte in Brasilien waren die Weltmarktpreise extrem angestiegen. Die DDR versuchte mit der Erfindung von »Kaffee-Mix« das Defizit auszugleichen, doch diese Mischung aus 51 Prozent Bohnen und 49 Prozent gerösteten Hülsenfrüchten und Getreidekörnern quälte Kaffeeautomaten und Geschmacksnerven.

Das Zeug, vom Volksmund als »Erichs Krönung« verspottet, provozierte massive Beschwerden und Proteste, was zum einen zur Einstellung des Feldversuchs, zum anderen zum Ende eines wesentlichen Elements der Kommunikationskultur führte. Es wurde von oben verordnet, dass in Dienststellen und anderen öffentlichen Einrichtungen des Staates Besuchern kein Kaffee mehr angeboten werden durfte.

»Nun, Genosse Romahn, wie kann ich der Kriminalpolizei helfen?«

»Sie haben im vergangenen Sommer einen Brief aus der Charité bekommen. Den hätte ich mal gern gesehen.«

»Aus der Charité? Das ist doch nicht unsere Liga.«

»Ja, ich weiß. Aber es soll trotzdem einen Brief aus der Klinik für Orthopädie in der Schumannstraße geben, der an die KWV adressiert war.«

Die Frau erhob sich und ging zur Ablage. Die gesamte Wand war zugestellt mit Aktenordnern, gefüllt mit Tausenden Papieren: Rechnungen, Mahnungen, Durchschläge, Klagen und Beschwerden, ein Friedhof für Sorgen und Futter für den Amtsschimmel. Suchend glitt der Finger durch die Luft, dann trat die Verwaltungschefin zielstrebig an das Regal und zog einen Ordner heraus. Den trug sie zu ihrem Platz, blätterte eine Weile, dann klappte der Bügel auf und sie entnahm ein Schreiben, das sie mir über den Tisch reichte. »Sie hatten recht. Hier. Vermutlich meinen Sie diesen Brief.«

Der Bogen trug einen Eingangsstempel der Kommunalen Wohnungsverwaltung und eine Aktennotiz über den Vollzug, angeheftet waren die Durchschläge eines Schreibens an einen Herrn Oskar K. sowie jener Brief, mit dem der Charité die Erledigung der Sache mitgeteilt wurde. Das Original hatte mir vorhin mein Chef gegeben. In der Ablage der KWV herrschte erkennbar Ordnung.

Der Charité-Briefkopf schien so echt wie die unleserliche Unterschrift des Klinikchefs und der

Stempel daneben, und auch der Text war für DDR-Verhältnisse keineswegs ungewöhnlich. Ein erfolgreich behandelter Patient werde im Herbst aus der Reha entlassen, benötige aber eine behindertengerechte Wohnung, das heißt, sie müsse rollstuhltauglich sein: Ob die KWV nicht helfen könne? Und hilfreich wäre es auch, wenn das Quartier nicht an der Peripherie des Stadtbezirks läge, denn der Mann würde wieder seiner früheren Tätigkeit in der Produktionsgenossenschaft des Handwerks (PGH) in der Wilhelm-Pieck-/Ecke Chausseestraße nachgehen. Die Angelegenheit solle mit dem betreffenden Herrn Oskar K. direkt abgewickelt werden. Dieser sei unter folgender Telefonnummer und Adresse zu erreichen. Mit Dank und freundlichen Grüßen Professor XYZ.

Ich schlug das Blatt um und las den Durchschlag der KWV-Antwort an die Klinik, die erstaunlich verbindlich war.

Nun waren, wie jedermann hierzulande wusste, nicht die kommunalen Wohnungsverwaltungen für die Wohnungslenkung und -zuweisung zuständig, sondern das Amt für Wohnungswesen. Die der Abteilung Inneres nachgeordnete Behörde vergab auf Antrag Wohnungen, erteilte Zuzugsgenehmigungen und Genehmigungen zum Wohnungstausch. Gleichwohl galt auch hier: keine Verordnung ohne Ausnahme. Und wenn ein Klinikchef sich derart für einen Patienten engagierte, schaute auch mal die

KWV durch die Finger und sprach ein Entscheidungswort mit.

Den zweiten Durchschlag musste ich nicht lesen, ich kannte das Original, eben jene Vollzugsmeldung der KWV an die Charité, die den Klinikchef überhaupt erst ins Grübeln gebracht hatte.

»Danke«, sagte ich und versenkte die Papiere in meiner Kollegmappe. »Das sind Beweismittel.«

Die Frau sah mich überrascht an. »Gibt es Ärger?« Offenkundig fürchtete sie, für ihre Fürsprache gemaßregelt zu werden.

Ich schüttelte den Kopf. »Mich interessiert nur der Rollstuhlfahrer. Haben Sie ihn mal gesehen, war er bei Ihnen im Büro?«

»Nein. Zur Schlüsselübergabe kam ein junger Mann. Er brachte auch den unterschriebenen Mietvertrag vorbei.« Sie wies aus dem Fenster. »Hier kann doch kein Rollstuhl fahren, ist doch noch alles Baustelle. Wir haben ihm daher auch eine Wohnung zu ebener Erde und an der bereits gepflasterten Spreeseite gegeben.« Und wieder breitete sich ein freundliches Lächeln auf ihrem Gesicht aus. Es machte sie offenkundig stolz, einem hilfsbedürftigen Menschen geholfen zu haben. Einem von zweitausend, die einmal in den achthundert Wohnungen im Nikolaiviertel wohnen würden.

Ich verabschiedete mich und stampfte durch Matsch und Bauschutt zum mir gewiesenen Haus, dessen spitzbogiger Giebel an die Hansezeit der

Handelsstadt Berlin-Cölln erinnern sollte. Nach einigem Suchen fand ich auch den Eingang und studierte die Namen auf der noch unvollständigen Klingelleiste. Müller, Meyer, Wolf … Ah, da war er: Oskar K., Erdgeschoss.

Ich drückte auf den Knopf. Erst öffnete sich mit einem Summton die Haus-, dann eine Wohnungstür gleich dahinter. Ein junger, attraktiver Mann erschien im Türrahmen. Er stand auf zwei Beinen und lächelte mich erwartungsvoll an, nachdem ich ihm meinen Namen genannt und den Dienstausweis gezeigt hatte. Er registrierte durchaus mein Erstaunen und reagierte wohl darum eine Spur zu heftig, als ich mich erkundigte, ob er Herr K. sei.

Neinnein, wehrte er ab, er sei aber dessen Freund und heiße Clausen.

»Sie wohnen hier?«

»Ja.«

»Zur Untermiete?«

»Nein. Er hat mir die Wohnung zur Nutzung überlassen. Aber müssen wir das an der Tür besprechen? Kommen Sie doch rein. Ich mach uns einen Kaffee.«

Ich folgte ihm in den kleinen Flur, der aber breit genug war für einen Rollstuhl und auch sonst war alles irgendwie behindertengerecht, wie ein Blick durch die offene Badezimmertür verriet. Im Zimmer ließ ich mich in einen tiefen Sessel fallen. Während in der Küche das Wasser blubberte und ich allein war, konnte ich den Raum in Ruhe mustern. Viel Plüsch, viel Kitsch, viel bunt.

Clausen kam wenig später und servierte auf dem Couchtisch, schenkte mit abgespreiztem kleinen Finger ein und nahm mir gegenüber Platz.

»Also, Herr Kommissar …«

Ich wehrte lächelnd ab. »Leutnant, Herr Clausen. Das genügt.«

Doch bevor ich zur Kaffeetasse griff, wurde ich richtig dienstlich.

»Mieter dieser Wohnung ist Ihr Freund, der Herr Oskar K.? Aber er wohnt nicht hier?«

Verlegen schaute der Schönling zu Boden, knetete sichtlich nervös die Hände. »Ich komme aus Magdeburg und habe keine Zuzugsgenehmigung erhalten, folglich hatte ich auch keine Bleibe, habe mal bei diesem oder bei jenem Freund übernachtet. Dann traf ich Oskar, und er sagte, er habe zufällig eine Neubauwohnung übrig.«

Er deutete mein Erstaunen richtig.

»Naja, wie das im Einzelnen zusammenhängt, weiß ich auch nicht. Vermutlich über Beziehungen. Er ist nämlich ein Kollegen von Ihnen. Oskar brachte mich jedenfalls hier unter, gab mir die Schlüssel und verschwand. Vorher …«

»Moment mal: Was meinten Sie mit der Bemerkung, er sei ein Kollege von mir?«

»Oskar ist doch auch bei der Berliner Kriminalpolizei.«

»Hat er das gesagt? Wo arbeitet er denn, ich meine, in welcher Volkspolizeiinspektion? Auf keinen Fall in Mitte, denn dann müsste ich ihn kennen.«

Clausen beugte sich nach vorn und dämpfte seine Stimme. »Er ist bei so einer geheimen Truppe, die offiziell nicht existiert«, raunte er über den Couchtisch. »Deshalb hat er ja auch die Kassette hier deponiert. Bei ihm zu Hause sei sie nämlich nicht sicher, hat er gesagt.«

Ich schaltete sofort und nickte. »Genau. Deshalb hat man mich auch hierher geschickt. Ich soll nämlich eben diese Kassette abholen! Ich wollte nur testen, ob Sie der verlässliche Partner sind, als der Sie uns beschrieben wurden.«

Natürlich hatte ich keine Ahnung, was es mit diesem Behältnis auf sich hatte. Aber da in dieser Angelegenheit offenkundig nichts mit rechten Dingen zuging, ließ ich mich darauf ein. Der Mann schien ohnehin nicht der hellste Kopf zu sein.

Clausen ging vor der Couch auf die Knie und zog ein flaches, wenngleich ziemlich großes Behältnis aus Blech hervor. Die Stahlkassette maß vielleicht vierzig mal fünfzig Zentimeter und schien ziemlich schwer, denn es bereitete ihm sichtlich Mühe, sie auf das Sofa zu wuchten.

»Den Schlüssel habe ich aber nicht«, erklärte er entschuldigend.

»Na, das macht nichts. Das hat schon alles seine Richtigkeit. Ich bestätige Ihnen den Empfang«, sagte ich und griff nach meiner Kollegmappe, wo der Quittungsblock war. Grundsätzlich fertigten wir einen Beleg aus, wenn wir bei den Ermittlungen Dokumente und Beweisstücke übernahmen.

Doch Clausen wehrte ab, das sei nicht nötig. Schließlich sei ich Polizist, er vertraue mir.

Ich nickte und erhob mich aus dem Sessel, nachdem ich den Kaffee getrunken hatte. Der schmeckte übrigens nicht schlecht. Ich vermutete, dass er von drüben oder aus dem Intershop kam.

Bei der Wohnungsfrage, wegen der ich eigentlich gekommen war, schien ich einen Schritt weitergekommen zu sein, und vielleicht offenbarte der Inhalt der Kassette noch weitere Details. Schwer genug war sie ja. Ich klemmte sie mir unter den rechten Arm. Mein lieber Scholli! Bis zur Inspektion hinterm Alex waren es zwar nur wenige Hundert Meter, doch mein Arm wurde immer länger. Was hatte Oskar K. dort reingepackt? Außerdem war die Kassette aus solidem Stahl, der würde jeden Brand überstehen.

In der Keibelstraße öffnete einer unserer Kriminaltechniker die Kiste. Er hatte damit keine Mühe, es war ein simples Schloss. Der Inhalt haute mich fast um. In meiner wenngleich kurzen, so doch intensiven Polizeiarbeit hatte ich schon manches gesehen, aber so etwas noch nicht. Nach und nach entnahm ich dem Behältnis alles, was ein Gangster – anders konnte ich den Besitzer dieser Utensilien nicht nennen – an Handwerkszeugen brauchte. Ich breitete alles auf dem Tisch aus und notierte penibel jedes einzelne Stück unter den erstaunten Rufen der Kollegen, die ich zur Inventur hinzugezogen hatte.

Zuerst die Pistole mit 16 Schuss, also zwei gefüllte Magazine. Die sowjetische Makarow wurde von allen Schutz- und Sicherheitsorganen der DDR als Dienstwaffe getragen, auch in der NVA und bei den Kampfgruppen. Da diese Waffen weder auf dem Schwarzen noch auf irgendeinem anderen Markt gehandelt wurden, musste die Pistole geklaut worden sein. Wo aber wurde sie vermisst? Das herauszubekommen würde kein Problem darstellen: Die Waffennummer war nicht herausgefräst, mit ihrer Hilfe würde sich der Besitzer rasch ausfindig machen lassen. Der unerlaubte Waffenbesitz stellte mindestens so eine Straftat dar wie der Besitz des weißen Pulvers, das sich in mehreren kleinen Tütchen befand. Dass es sich um Drogen handelte, stand für mich zweifelsfrei fest. Um welche konkret, würden unsere Fachleute feststellen. Ich tippte auf Kokain.

Sodann förderte ich einen kleinen Goldbarren von 100 Gramm zutage und ein Bündel Banknoten, die Dollar und D-Mark zählte ich nicht und legte sie zum Koks.

Als nächstes holte ich ein Pappschächtelchen hervor, das diverse Schlüssel mit Bändchen enthielt, auf denen Ziffern standen. Schwer zu sagen, ob es sich um Schlüssel für Türen, Schließfächer, Briefkästen oder andere Behältnisse handelte, etwa solche

Kassetten wie diese. In einer weiteren Schachtel fanden sich Stempel und Dienstsiegel von Betrieben und staatlichen Einrichtungen, wie ich auf einen Blick feststellte.

Und dann folgte eine Reihe interessanter Dokumente und Papiere.

Harmlos die Sonderbriefmarken aus der DDR, die in mehreren kleinen Steckalben enthalten waren – vermutlich als Kapitalanlage gedacht. Die Post edierte unablässig Sonderbriefmarken, und meist erschienen sie als Sätze, in denen in der Regel eine als Sperrwert bezeichnete Marke enthalten war, die so hieß, weil sie in einer niedrigeren Auflage gedruckt worden war. Um sie zu bekommen, stellten sich die Sammler am Morgen des Ausgabetages am Schalter an, um ein oder zwei Sätze von der limitierten Zahl der Sondermarken zu erwerben. Daneben vergab auf Antrag die Post sogenannte Sammlerausweise, die für den automatischen Bezug der Neuerscheinungen sorgten. Die DDR-Führung hatte die Philatelisten – im Kulturbund organisiert oder als Einzelkämpfer – als Binnenmarkt entdeckt und erschlossen. Sie zielte damit aber auch auf die Briefmarkensammler in der Bundesrepublik. Der Sammlerausweise war Mitte der fünfziger Jahre eingeführt worden, mit ihm konnte man innerhalb einer vierzehntägigen Abholfrist in den ersten Jahren fünf, später nur noch drei Sätze bei der Post kaufen. Die künstliche Verknappung trieb natürlich den Sammlerpreis mit den

Jahren in die Höhe, wovon nicht nur der Staatshaushalt profitierte.

Mit den vorliegenden Marken gedachte der Besitzer dieser Kassette gewiss nicht Briefumschläge mit den gedruckten Absendern zu frankieren, zu denen es auch stapelweise die dazu gehörenden Kopfbögen der Institutionen gab: die Humboldt-Universität zu Berlin, die Rechtsanwaltskanzlei Vogel (das war der von Honecker offiziell Beauftragte für humanitäre Fragen und mit Sondervollmachten versehene Anwalt, der mit der Bundesrepublik über den sogenannten Häftlingsfreikauf verhandelte und ebenso juristischen Beistand für Inhaftierte in der DDR leistete), das Schwermaschinenbaukombinat »Ernst Thälmann« in Magdeburg, verschiedene Berliner Kliniken, darunter, nicht unerwartet, Briefbögen aus der Orthopädischen Klinik der Charité. Folgerichtig lag auch ein Stapel bereits gestempelter Rezeptvordrucke für Apotheken dabei. Komplettiert wurde diese beeindruckende Fälscherausstattung durch Blanko-Papiere mit Wasserzeichen, die bei Urkunden Verwendung fanden, sowie Zeugnisformulare, mit denen man sich ein ordentliches Abitur oder einen fulminanten Studienabschluss bescheinigen konnte.

So eine Kollektion hatte noch niemand von uns gesehen.

Und mir war schwante, wie die Nummer mit der KWV inszeniert worden war. Dieser Oskar K. hatte den fingierten Bettelbrief aufgesetzt und nicht ins Kalkül gezogen, dass die KWV sich eventuell an den Absender wenden könnte, auch wenn er darum gebeten hatte, dass sich die Wohnungsverwaltung direkt mit ihm, dem vermeintlichen Rollstuhlfahrer, in Verbindung setzen sollte. Was sie ja auch getan hatte. Jedoch wollte sie auch den anerkennenden Beifall des Professors einholen, worauf dieser irritiert bei der Kreisleitung nachgefragt hatte.

Allerdings kannte ich jetzt aus K.s Charité-Brief seine Wohnadresse.

Doch bevor ich mich in die Prenzlauer Allee begab, ging ich hinüber ins Präsidium.

In der 4. Etage saß die Kaderabteilung, die die Personalakten aller in Berlin tätigen Volkspolizisten verwaltete. Akten war wörtlich zu nehmen: 1983 kannte man noch keine Computer, zumindest nicht bei uns.

Trotzdem brauchte die Kollegin nur wenig Zeit, um herauszubekommen, dass es unter den etwa zwölftausend Berliner Volkspolizisten weder einen Kriminalisten noch überhaupt einen Mitarbeiter des MdI mit diesem Namen gab. Sie zog die Oberlippe kraus und zeigte sich betrübt, mir nicht helfen zu können. »Lass doch mal im Strafregister suchen, Genosse Romahn. Wenn kein Kriminaler, so ist er vielleicht ein Krimineller? Kann ja sein.«

Ich dankte für diese keineswegs abwegige Idee. Der Inhalt der Kassette hatte nachdrücklich gezeigt, dass K. den Status als Gelegenheitsganove schon lange hinter sich gelassen hatte. Die Wahrscheinlichkeit schien darum also groß, dass Oskar K. kein unbeschriebenes Blatt war.

Und so war es auch. Mit sechzehn Jahren war K. zum ersten Mal gerichtsnotorisch geworden, wie es im Amtsdeutsch heißt. Achtzehn Monate hatte er 1976 für einen ziemlich dreisten Einbruch im Centrum-Warenhaus am Alex bekommen. Dabei zeigte er sich ziemlich clever, zudem machte er sich zunutze, dass er klein und schmächtig war. Aber wie jeder Anfänger machte er einen gravierenden Fehler, wie ich den Prozessakten entnahm.

K. hatte sich im Kaufhaus versteckt und einschließen lassen. Zunächst besorgte er sich in der Kofferabteilung zwei große Reisetaschen. In der Haushaltsabteilung holte er noch zwei Wäscheleinen. Dann stieg er hinauf in die Technikabteilung und packte ein: Telefone, Fotoapparate, Radios und Tonbandgeräte. Die Auswahl erfolgte mit Bedacht und Sorgfalt. Nichts ging zu Bruch. Sodann, auch das musste er zuvor ausgekundschaftet haben, marschierte er in die Herrentoilette in der ersten Etage, jene, in der es ein schmales Fenster hinaus zur Karl-Liebknecht-Straße gab. Mit der Wäscheleine ließ er beide Taschen vorsichtig hinunter, zuletzt zwängte er sich durch den Fensterspalt ins Freie und seilte sich ab. So weit, so professionell. Nun aber tat er das, was ihm zum Verhängnis geworden war. Wenn ein jugendlicher Reisender mit zwei Gepäckstücken nachts gegen drei Uhr ein Taxi besteigt, kann man davon ausgehen, dass sich der Fahrer gewiss daran erinnert. So oft geschah das selbst in Berlin nicht.

Einige der wenigen Überwachungskameras hatten zudem den Dieb festgehalten, was die Suche und die Beweisführung erleichterte.

Schließlich fand man den Taxifahrer und mit seiner Hilfe auch die Adresse. Bis zum Zeitpunkt seiner Festnahme hatte K. jedoch bereits den Großteil des Diebesgutes versilbert. Dafür gab es anderthalb Jahre Haft, die er bis 1978 absaß.

K.s jetzige Wohnung, deren Anschrift ich »seinem« Brief an die KWV entnahm, befand sich unweit der meinigen im Prenzlauer Berg, und nachdem ich Rücksprache mit dem Staatsanwalt genommen und ein Ermittlungsverfahren wegen Betruges eröffnet hatte, lud ich ihn vor. »Zur Klärung eines Sachverhalts«, wie das üblicherweise hieß.

Er erschien auch pünktlich zum Termin.

Wir waren beide überrascht. Vor mir stand ein knabenhaft wirkender junger Mann, keine einssiebzig groß. Auf den schmalen Schultern ruhte ein für diesen Körper viel zu großer Kopf, die Proportionen stimmten einfach nicht. Er erinnerte mich ein wenig an den Kleinen Muck aus dem Märchenfilmklassiker der DEFA. Seine Augen bewegten sich so flink wie seine Gedanken. K. war, das merkte ich schon nach wenigen Sätzen, ein blitzgescheiter Bursche mit ungewöhnlich rascher Auffassungsgabe.

Seine Überraschung wiederum hing mit mir zusammen. Er schien ein wenig enttäuscht, dass ein kleiner Leutnant sich mit ihm beschäftigte. Aber vielleicht irrte ich mich da und interpretierte seinen selbstbewussten Auftritt gänzlich falsch.

Ich erkundigte mich zunächst, was er aktuell beruflich mache, worauf er wortkarg reagierte. Er arbeite im Lager einer PGH, die Radios und Fernseher repariere, sagte er. Was er hier solle?

Es bestehe der dringende Tatverdacht des Betruges, erklärte ich.

Er schaute mich erstaunt an. Welches Betruges, fragte er naiv, in seinem Lager sei alles in Ordnung, er habe sich seit seiner Entlassung aus der Haft – und die liege inzwischen mehr als vier Jahre zurück – nichts zuschulden kommen lassen. Damals habe er auch gelernt, dass man einem Beschuldigten eine Straftat beweisen müsse, nicht umgekehrt: dass der Beschuldigte seine Unschuld nachzuweisen habe.

Seinerzeit habe er sich von dem Vernehmer über den Tisch ziehen lassen und sich selbst belastet, das passiere ihm nicht noch einmal. K. verschränkte die Hände vor der Brust und verstummte.

Gut, erklärte ich, dann nehme ich Sie fest.

Mit welcher Begründung?

Verdunkelungs- und Fluchtgefahr.

Warum solle er fliehen, und was könne er verdunkeln?, erkundigte sich K. ein wenig aufgebracht und verlangte einen Anwalt. Auch das schien er im Knast gelernt zu haben.

Ich darauf: Es bestehe hinreichender Verdacht, dass er sich erstens eine Mietwohnung im Nikolaiviertel auf nicht legale Weise besorgt habe, und zweitens, dass er diese, was nicht minder gegen die geltenden Gesetze verstoße, untervermiete.

K. hob bereits an, offenkundig wollte er widersprechen, doch er unterließ es.

»Sie können in der Untersuchungshaft einem Anwalt Ihrer Wahl schreiben«, erklärte ich.

»Und wie lange soll ich dort untergebracht werden?«, erkundigte sich K. vorsichtig, wobei er erkennbar Begriffe wie »einsitzen« oder »inhaftieren« vermied.

Ich hob die Schultern. Der Staatsanwalt hatte bereits wegen der Kassette einen Haftbefehl erlassen, der uns acht Wochen Zeit gab zu ermitteln, also Beweise für Straftaten zu finden. Ausweichend antwortete ich auf K.s Frage, dass es für die Dauer der Untersuchungshaft gesetzliche Vorschriften gebe, an die wir uns halten würden. Auch bei ihm.

Dann ließ ich ihn abführen. Die Vernehmung hatte gerade einmal zehn Minuten gedauert.

Ein paar Tag später fuhr ich mit zwei Kollegen zur Wohnung von K., sie befand sich in der vierten

Etage eines Altbaus. Mit entsprechenden Schließwerkzeugen öffneten wir die Tür, als niemand auf unser Klingeln öffnete. Dazu waren wir legitimiert, der Staatsanwalt hatte einen Durchsuchungsbeschluss unterschrieben.

Die Wohnung war großzügig geschnitten und auf den ersten Blick weit über hundert Quadratmeter groß. Hauptmieter, so hatte ich inzwischen bei der zuständigen KWV ermittelt, war die Mutter von K., die allerdings bereits 1979 verstorben war. Drei Kinder waren im Dauermietvertrag als Mitbewohner genannt. Doch wie sich schon bald herausstellen sollte, wohnte hier nur noch K., seine Schwester und der Bruder, die schon lange nicht mehr in Berlin lebten, wurden aber noch immer im Mietvertrag geführt.

Der Zustand des Quartiers erstaunte mich, ich hatte eine heruntergekommene Junggesellenbude oder ähnliches erwartet, doch wir standen in einer sehr gepflegten, geschmackvoll eingerichteten modernen Wohnung. Die meisten technischen Geräte – vom Fernseher über die Lampen bis zum Kühlschrank – stammten erkennbar nicht aus DDR-Produktion. Selbst die Armaturen im Bad und in der Küche waren von drüben. Im Schlafzimmer und im Wohnzimmer befanden sich Regalwände, die proppevoll mit Büchern waren. Schon der flüchtige Blick über die unzähligen Bücherrücken ließ erkennen: erstaunlich viele Fachbücher aus unterschiedlichen Fachbereichen – Jura, Medizin,

Geschichte, Physik, Chemie … Auffällig auch die Vielzahl hochwertiger Kunst- und Bildbände, von denen ein beachtlicher Teil nicht bei uns gedruckt worden war.

Ich nahm einen Band über den Bodensee heraus und blätterte darin, als plötzlich einige Banknoten zu Boden fielen. Da es mehrere waren, schien die Möglichkeit unwahrscheinlich, dass hier jemand lediglich sein Lesezeichen vergessen hatte. Und selbst wenn es sich nur um einen einzigen Schein gehandelt hätte: 100 DM als Lesezeichen schien mit etwas abwegig.

Ich machte meine beiden Kollegen auf den Fund aufmerksam und schlug vor, alle Bücher durchzusehen, um sicherzugehen, dass es kein Zufall war. Sie knurrten zwar, griffen dann aber beherzt zu. Die herausflatternden Scheine legten sie auf den Couchtisch. Am Ende des Tages stapelten sich dort etwa 16 000 DM und rund 2000 US-Dollar.

Wie kam man als DDR-Bürger an so viel Westgeld?

Bevor ich den Band wieder im Regel verstaut hatte, war mein Blick auf eine handschriftliche Eintragung auf der Innenseite des Einbandes gefallen. Es handelte sich um eine Liste von 1 bis 35, und hinter jeder Ziffer stand ein Begriff, etwa 1 = Kammer, 2 = Tür Vorderhaus, 3 = Büro, 4 = Keller und so weiter. Ich schenkte dem weiter keine Beachtung und stellte das Buch wieder an seinen Platz zurück.

Sodann interessierte ich mich für die Inhalte der Schränke und Kommoden. Zugegeben, der Bursche besaß nicht nur eine erheblich umfangreichere Garderobe als ich. Darunter waren allerdings auch viele Klamotten, die ich nie anziehen würde – und das nicht nur, weil ich acht Jahre älter als K. war. Zu schrill, zu grell, zu auffällig. Der Hinweis auf die sexuelle Präferenz des Trägers schien mir zu deutlich. Vielleicht bestand zwischen diesem Umstand und der Menge des Bargeldes ein Zusammenhang. Nun, das würde ich noch zu klären versuchen. Wie auch der Charakter der weißen Substanzen zu bestimmen war, die ich in diversen Depots und in der Hausapotheke entdeckte. Angesichts der Menge von mir unbekannten Medikamenten musste der Mieter dieser Wohnung siech und hinfällig sein. Aber vermutlich handelte es sich nicht um »Medizin« im landläufigen Sinne. Unsere Chemiker würden sich damit auskennen.

Wir packten das Geld und die »Medikamente« in einen Karton, versiegelten die Tür und stiegen die Treppe hinunter. Offen gestanden: Ich empfand das Resultat der Wohnungsdurchsuchung als ziemlich mager. Der Besitz von ausländischen Banknoten, selbst wenn die Höhe der Summe Anlass zu Spekulationen über die Herkunft des Geldes geben mochte, stand nicht unter Strafe, noch viel weniger die Nutzung eines zu großen Quartiers, was angesichts der Wohnungsknappheit in Berlin allenfalls moralisch zu verurteilen war. Hinweise auf die illegale Beschaffung der Wohnung im Nikolaiviertel hatten wir auch nicht gefunden. Eigentlich deshalb hatte ich beim Staatsanwalt den Durchsuchungsbeschluss erwirkt. Ich war enttäuscht.

Unter unseren Füßen knarrten die Stiegen, es roch nach Bohnerwachs und Kohlsuppe. In den alten Mietskasernen war stets der gleiche Geruch zu Hause, und wo sich der Abtritt auf der halben Treppe befand, roch es besonders streng.

Uns kam eine Rentnerin entgegen, die schwer an einer Tasche trug. Sie gehörte zur Sorte der Aufpasser, die es in jedem Haus gab. »Was machen Sie hier?«, herrschte sie uns an. Sie kannte hier jeden, und Fremde lösten prinzipiell Argwohn aus.

Ich reagierte freundlich und machte mich anheischig, ihre Tasche zu tragen. Das versöhnlerische Angebot nahm sie gern an und verschnaufte. »In die Dritte«, sagte sie, ihr Atem ging kurz.

Ich blieb an ihrer Seite, während sie sich am Geländer emporarbeitete. Zu wem wir denn gewollt hätten, variierte sie die schon mal gestellte Frage, mit der sie nun unterstellte, dass die Visite erfolglos verlaufen sei.

Ach, entgegnete ich, wir wollten Oskar K. in der vierten Etage besuchen, der aber sei nicht daheim gewesen. Das traf zu, wenngleich ich natürlich verschwieg, dass mir seine Abwesenheit und die Gründe dafür durchaus bekannt waren.

»Ach der«, sagte die Frau und lehnte sich gegen das Geländer, »der ist selten da«. Der ist doch bei der Kripo. Dabei dämpfte sie ihre Stimme, als offenbarte sie ein Staatsgeheimnis. Die Leute, die ihn treffen wollen, kämen in der Regel nachts. Sie höre die Schritte immer, weil sie schlecht schlafe. Die Besucher verhielten sich aber sehr rücksichtsvoll, die Gespräche seien kaum zu hören. Im Unterschied zu den Leuten in der Wohnung unter ihr. Die brüllten sich an, die Türen flogen und das Radio spiele unerträglich laut. Der Herr K. hingegen sei immer sehr freundlich und zuvorkommend. Er habe ihr auch schon mal Medizin besorgt, die es nur auf Rezept gab. Sie blinzelte mich durch ihre Brillengläser verschwörerisch an. Als Kripomann käme der ja an alles ran.

Dann nahm sie wieder ein paar Stufen. Seine Besucher …

… die nächtlichen, warf ich ein.

Eben diese, fuhr sie kurzatmig fort, müssen hohe Tiere sein. Die kommen immer mit großen dunklen Autos. Sie habe davon ja keine Ahnung, aber Trabbis oder Wartburgs sehen anders aus. Und dann haben sie oft Pakete dabei.

Ich stutzte. »Was für Pakete?«

Das könne sie doch nicht vom Fenster in der dritten Etage erkennen, reagierte sie leicht gereizt. Pakete eben. Und die schlösse Herr K. in der Kammer auf dem Boden ein. Das habe sie nämlich einmal bemerkt, als sie ihre Wäsche zum Trocknen aufhängte.

Eine Bodenkammer?! Ich merkte, wie mir die Galle überlief. Was waren wir doch für Dilettanten, dass wir weder nach einem Kellerverschlag noch nach einem anderen Nebengelass Ausschau gehalten hatten. Okay, man kann nur erfolgreich oder erfolglos suchen, wenn man weiß, wonach man sucht. Wir wussten eigentlich nicht, was konkret wir in K.s Wohnung zu finden hofften. Wir hatten wie die Fischer das Schleppnetz ausgeworfen und durchs Meer gezogen in der Erwartung, dass sich darin schon Verwertbares sammeln würde. Westgeld war so wenig erwartet worden wie etwa die Drogen, das war eher Beifang.

Die Dame dankte, als wir ihre Wohnungstür erreicht hatten. »So, junger Mann«, erklärte sie. »Falls ich mal wieder Hilfe brauche, melde ich mich bei Ihnen.« Sie sperrte das Schloss auf und verschwand.

Zwei Stufen auf einmal nehmend raste ich die Treppe hinunter. Die beiden Kollegen standen verloren vor unserem Dienstfahrzeug, ich hatte die Schlüssel vom Trabant. »Wir müssen noch einmal hoch. Bis unters Dach. Die Frau hat gesagt, K. habe dort eine Bodenkammer.«

Ich sperrte die Heckklappe des Kombi auf und breitete eine Decke über den Karton mit den Banknoten und den anderen Beweisstücken. Hier würde zwar niemand einen Trabant knacken, doch eine solche Einladung sollten wir nicht unbedingt aussprechen.

Wir stiefelten noch einmal in K.s Wohnung und suchten nach einem Schlüssel, den wir auch bald fanden. Er lag in einer Schale, die auf der Flurgarderobe stand, begraben unter Ansichtskarten und Papieren. Zumindest nahmen wir an, dass es sich um den bewussten Schlüssel handelte. Er sollte in ein Vorhängeschloss passen, und für Verschläge pflegte man immer solche Schlösser zu verwenden. Notfalls konnten wir ein wenig nachhelfen. Wir waren schließlich die Polizei.

Der Boden war sauber und in einem Zustand, wo sich Wäsche ohne Befürchtung trocknen ließ. Ich kannte Dachböden in dieser Stadt, wo die Tauben durch offene Fenster oder Löcher im Dach ein- und ausflogen, in denen sich Müll und Dreck stapelten und zentimeterhohe Taubenscheiße bereits zu Asphalt erstarrt war. Dort hängte niemand ein Handtuch über die Leine. Hier jedoch war alles in gepflegter Ordnung, kein Staub und erst recht kein Ungeziefer.

An der Stirnseite erblickte ich eine Tür, offensichtlich der Eingang zur Kammer, von der die Frau gesprochen hatte. Andere Nebengelasse sah ich nicht. An dem Beschlag an der massiven Holztür hing ein schweres Vorhängeschloss. Und, o Wunder, unser Schlüssel passte und ließ ich mühelos drehen. Der Bügel sprang aus der Arretierung.

Ich öffnete die Tür und tastete mit der Rechten an der Wand nach einem Schalter. Ich spürte den Drehschalter, der vermutlich noch aus der Vorkriegszeit stammte, denn Haus und Dachboden schienen von keiner Bombe getroffen worden zu sein. Glück gehabt. Eine Glühbirne ging an und warf ihr warmes Licht auf Dutzende Kisten und Kartons, säuberlich auf- und nebeneinander gestapelt, alles zugebaut, nirgendwo auch nur ein Zentimeter ungenutzter Leerraum. Der das besorgt hatte, war ein qualifizierter Lagerarbeiter.

Meine Kollegen musterten die Schriftzüge auf den Kisten. Das hier ist eine kleine Kühltruhe, rief der eine, und das ein Fernseher der andere. Radios, Plattenspieler, Schreibmaschinen, Kaffeemaschinen ... Ein Warenlager wie fürs laufende Band. So hieß eine Spielshow im Westfernsehen mit Rudi Carrell, an deren Ende der Sieger hinter einem Laufband saß, auf dem symbolische Preise vorbeirollten. Die musste er sich merken, und jene, die er aufsagen konnte, bekam er dann geschenkt. Eben solche Dinge, wie sie hier gehortet waren.

»Der scheint damit zu handeln«, sagte einer der Kollegen.

»Ein kleiner Intershop«, griente der zweite. »Daher also die Westkohle in der Wohnung.«

Ich entschied, die Bodenkammer zu versiegeln und die Waren abholen zu lassen, in unseren Trabant würde nicht einmal ein Bruchteil davon passen.

K. hatte ganz offensichtlich das Außenhandelsmonopol der DDR gebrochen, und für Devisenvergehen gab es drakonische Strafen. Rentner schleppten im kleinen und Diplomaten im großen Stil DDR-Geld in den Westen, rubelten es um und brachten es als D-Mark zurück. Oder sie tauschten Westdevisen in privaten Wechselstuben oder Geschäftsbanken in Westberlin zum Schwindelkurs von 6:1 um. Das DDR-Geld wurde »versteckt im Diplomatengepäck wie unter der Rheumabinde eines Rentners«, so schrieb der *Spiegel* einmal, über die Grenze geschleust. »Wer als Westler, statt offiziell zum Kurs von 1:1 zu tauschen, sich in West-Berlin mit billigem Ost-Geld eindeckt, kann dank Dumpingkurs im Nachbarland, wo ein Schweine-Steak ›Lukullus‹ in besseren Lokalen 10,40 Mark kostet, praktisch fürs Trinkgeld speisen.« Aber das war lächerlich. Die Profis betrieben den Geldschmuggel in größerem Stil und nicht unter der »Rheumabinde«. Erst im Vorjahr, 1982, hatte Bonn einen Mitarbeiter aus der Ständigen Vertretung vorsichtshalber abgezogen, als der bei einem solchen illegalen Finanztransfer mit mindestens 500 000 DDR-Mark aufgeflogen war.

In der Nacht wälzte ich mich schlaflos in meinem Bett. Die Waren, als Beweismittel beschlagnahmt, würde ich morgen mit einem Lkw abholen lassen. Neben meinem Büro in der Keibelstraße befand sich ein kleiner Raum, den ich manchmal bei Vernehmungen nutzte. Dort wären sie erst einmal unterzubringen. Dieses Problem war also rasch zu lösen. Was mich jedoch umtrieb, war etwas anderes. Ich hatte heute mindestens zwei Mal als Kriminalist versagt, wie ich mir beim Grübeln eingestand. Zum einen: Wieso habe ich zum Abmarsch geblasen, bevor ich nicht – was eigentlich auf der Hand gelegen hätte – nach Nebengelassen geforscht hatte? Das war mir einfach nicht in den Sinn gekommen. Hätte ich der Oma nicht die Tasche getragen, wäre ich nie auf das Warenlager auf dem Dachboden gestoßen. Die Begegnung war zufällig. Was ist das für eine kriminalistische Ermittlung, die auf Zufälle gründet? Ich war wütend auf mich.

Und die zweite Panne: Dieser komischen Liste auf dem Innendeckel des Bodensee-Buches, diese Zahlenreihe von 1 bis 35 mit Beifügungen, hatte ich keine Bedeutung beigemessen und das Buch wieder ins Regal geschoben. Wie blöd war ich nur! Das war seine Inventarliste! Offenkundig hatte K. so viele Verstecke und Lager, dass er im Wortsinne Buch führen musste, um nicht den Überblick zu verlieren. Ich brauchte unbedingt dieses Buch, jedem einzelnen Posten musste ich nachgehen.

Am Freitag befahl mich der Leiter der Inspektion zu sich. Der Oberst wirkte aufgeräumt, das nahe Wochenende vor Augen trug offenkundig zu seiner Gefühlslage vorbei. Doch so entspannt und frei, wie ich annahm, würden die freien Tage für ihn nicht werden, wie er eröffnete.

»Ich muss morgen mal wieder zu einem Aktivistentreff, auf der mir garantiert der ›Erste Kaiser‹ vor die Füße laufen wird. Kannst du mir was zu dieser Wohnungssache sagen? Danach wird der mich zweifellos fragen, wenn er mich sieht. Der hat das Gedächtnis eines Elefanten.«

Die Frage erfreute mich, weil sie mir Gelegenheit gab zu demonstrieren, dass meine Truppe intensiv und erfolgreich gearbeitet hatte. Nicht nur der Chef hasste es, wenn auf eine solche Erkundigung nur Gestammel folgte. Und jeder wollte auch glänzen. Ich konnte es in diesem Falle.

»Details oder nur Resultate?«

Gutzeit zündete sich umständlich eine Zigarre an und warf das abgebrannte Streichholz in den Ascher, der ziemlich voll war. Seine Sekretärin hatte offensichtlich vergessen, ihn zu leeren. Der Oberst sah meinen Blick. »Kriminalist, was?«, scherzte er. »Hilde hat ihren Haushaltstag«, entschuldigte er die vermeintliche Nachlässigkeit seiner Vorzimmerdame. Ein freier und bezahlter Tag im Monat stand jeder Frau gesetzlich zu; er sollte, was damals niemand ahnen konnte, am 1. Juli 1994 im vereinigten Deutschland abgeschafft werden. In dem dafür gefassten Arbeitszeitrechtsgesetz würde es großzügig heißen: »Arbeitnehmer, die nach dem 29. Januar 1990 einen oder mehrere Hausarbeitstage erhalten haben, brauchen das dafür gezahlte Entgelt nicht zurückzuerstatten.«

Der Inspektionsleiter blies einige Ringe in die Luft und schaute ihnen verträumt nach.

»Na, fang schon an und konzentriere dich aufs Wesentliche.«

Die Ringe lösten sich auf.

Ich repetierte kurz meine Visite bei der KWV und den Fund der Kassette in der Wohnung im Nikolaiviertel, in deren Folge wir Oskar K. als den Briefeschreiber vorläufig festgenommen und seine Wohnung durchsucht hatten.

Beim Stichwort Dienstwaffe straffte sich der Oberst. »Woher hatte er die?

»Wie die Makarow in seinen Besitz gekommen ist, wissen wir noch nicht, wohl aber, wem sie gehörte: einem von uns. Sie stammt aus unserer Inspektion und ist vor zwei Jahren entwendet worden. Ich war damals noch in Aschersleben und kenne nur die Berichte. Der Genosse hatte die Pistole und zwei Magazine in seinem Schreibtisch liegen. Er war kurz auf Toilette, und als er zurückkam, war sie spurlos verschwunden. Wir haben es nie rausgekriegt, wer da lange Finger gemacht hatte. Nicht mal das MfS, das die Sache sofort übernahm.«

Gutzeit nickte und zog an der Zigarre. Er erinnere sich. Auch an das, was danach geschah. Erst gab's ein Dienstverfahren mit Verweis, dann sprach die Partei eine Rüge aus. Als Genosse wurde man immer zwei

Mal bestraft. Arme Sau, sagte Gutzeit, wir mussten ihn versetzen.

Ich fuhr fort und berichtete über die Funde in der Wohnung von K., von den Devisen und Drogen, von dem Lager unterm Dach. Inzwischen hatte ich auch mit K.s Geschwistern telefoniert. Der Bruder war an der Greifswalder Universität wissenschaftlich tätig, die Schwester arbeitete als Chemikerin in Schwedt an der Oder. Beide hatten »den Kleinen« zum letzten Mal bei der Beisetzung der Mutter gesehen und mit ihm verabredet, dass er die Wohnung behalten sollte.

Sie waren schon lange nicht mehr in Berlin gemeldet, was im Mietvertrag nicht geändert worden war. Die Verbindungen untereinander waren mehr als lose, wobei ich in den Telefonaten mit den beiden eine gewisse Distanz zu ihrem Bruder herausgehört hatte. Offenkundig wollten sie mit Oskar K. wenig zu tun haben, ihnen missfiel dessen Lebensweise, ohne es so zu artikulieren. In ihren Augen war er das schwarze Schaf in der Familie.

»Na schön«, knurrte Gutzeit zufrieden in seinem Dienstsessel. »Weiter im Text. Kaiser wird mich nur wegen dieses dämlichen Schriftwechsels fragen. Ihn hat nicht zu interessieren, dass sich dieser Fall ziemlich ausgeweitet hat.«

Ich nickte zustimmend, wobei ich gern einräume, dass wir ohne seine Information nicht auf K. gestoßen wären.

»Ach weißt du, mein Junge« – der Oberst bekam jetzt wieder seine väterliche Anwandlung –, »es ist doch wurscht, von wem die Initialzündung kam. Wichtig ist doch, dass wir einen Spitzbuben aus dem Verkehr ziehen.«

Gutzeit duzte mich grundsätzlich, schließlich gehörten wir einer Partei an. Doch der Oberst war auch mein Vorgesetzter, den man allenfalls in Parteiversammlungen mit Du anredete. Im Dienstverkehr beachtete jeder die Form. Vermutlich würde er mich ziemlich scharf ansehen, reagierte ich auf seine Anrede mit »Ach weißt du, Werner …«

Darum leitete ich meine Klage über die Charité mit der Formel ein: »Genosse Oberst, im größten und modernsten Klinikum des Landes herrscht Chaos. Ich habe dort mit einigen aus der Verwaltung gesprochen. Dort verschwinden immer wieder Kopfbögen, Kuverts, Stempel, Schlüssel und Rezeptvordrucke, ohne das Anzeige erstattet wird. Das seien Lappalien, sagten sie mir Hermann-Matern-Straße, mit der sie die Polizei nicht behelligen wollen. Sie haben damit vielleicht recht, aber was sich damit anstellen lässt, haben wir ja nun gerade erlebt.«

Ich hätte, so setzte ich fort, auch mit Magdeburg gesprochen. Im Schwermaschinenbaukombinate sah man den regelmäßigen Verlust von Geschäftspost ähnlich locker. Auch im SKET gäbe es Büroraupen, die sich von Briefpapier, Stempel und Kugelschreibern ernährten, erklärte mir eine Sekretärin. Die seien dann einfach weg. Man müsse darüber kein Wort verlieren, Schwund sei überall.

»Wo ist sie geblieben, unsere ›revolutionäre Wachsamkeit‹?«, frozzelte Gutzeit und schüttelte den Kopf. Die Entspannung habe uns alle nachlässig werden lassen.

»Ähnliches erfuhr ich auch in der Berliner Kanzlei von Rechtsanwalt Wolfgang Vogel, dessen Blanko-Briefbögen sich ebenfalls in K.s Kassette befanden. Handgeschöpftes Bütten mit Prägedruck, ganz was Feines für die Kundschaft im Westen, auf die das gewiss Eindruck machte. Sie zählten nicht nach, hieß es. Wenn sich der Vorrat dem Ende neige, würde nachgedruckt werden. Finito.«

»Und was soll ich nun dem ›Ersten Kaiser‹ sagen?«

»Schönen Dank für seine Information. Wir seien noch beim Ermitteln, können aber schon melden, dass wir einen Tatverdächtigen in U-Haft genommen haben. Dieser Mann hat sich nicht nur mit Hochstapelei eine Wohnung bei der KWV erschlichen, sondern auch noch andere Straftaten begangen. Wir würden den Genossen 1. Sekretär nach Abschluss unserer Untersuchungen bei Bedarf gern ins Bild setzen.«

»Der Bedarf ist da, das kann ich garantieren. Die Partei hat eine große Nase, die sie gern in alles hineinsteckt.« Oberst Gutzeit lachte, sein Bauch überm Koppel schwappte im Rhythmus der Lachsalven.

Ich erhob mich von meinem Stuhl, die Sprechstunde schien beendet. Und das, bevor die Zigarre aufgeraucht war. Meist brauchte er fast eine Stunde, wenn er sich eine dicke Havanna ansteckte. Für Nichtraucher und Freunde kurzer Beratungen war dies die Hölle. Während sich der Inspektionsleiter entspannte, litten sie. Ich hatte damit wenig Probleme, zog jedoch zügige Besprechungen den ausgedehnten vor.

»Wenn's was Neues gibt, melde dich«, sagte der Oberst. »Ansonsten der übliche Dienstweg.«

In der folgenden Woche bekam ich Post aus der U-Haft. K. bat um ein Gespräch. Wahrscheinlich quälten ihn Ungewissheit und Langeweile, denn ich sah keinen Grund für eine weitere Vernehmung, solange wir nicht alles ermittelt hatten. K. hatte sich bei seiner ersten wenig kooperativ verhalten. Und um ehrlich zu sein: Ich wollte ihn auch ein wenig zappeln lassen und setzte auf die helfende Wirkung der Zellenödnis. Die Monotonie regte mitunter zum Nachdenken an.

Ich bereite mich auf die Vernehmung vor, indem ich die Kisten und Kartons im Nebenzimmer wie in einer Schaufensterauslage auf den Tischen drapierte. Im hinteren Teil stapelte ich die teuren Elektrogeräte, im vorderen breitete ich den Inhalt der Kassette aus. Dieses Arrangement wollte ich gleichsam als Pointe servieren.

Ein Schließer brachte K. zu mir ins Büro. Dieser schien etwas von seiner Selbstsicherheit eingebüßt zu haben, obgleich er unverändert seine Rolle meinte spielen zu können, die er seit der Verhaftung gegeben hatte: die des Bestimmers, der allein das Heft des Handelns in der Hand hielt. Was könne ihm ein kleiner Leutnant der Kriminalpolizei schon groß anhaben, schien er zu denken. Seine Mimik, die Gestik signalisierten nichts anderes.

Mag sein, dass ich übersensibel darauf reagierte. Ein Außenstehender würde K.s Auftritt vielleicht mit einer Handbewegung abtun und darin nur das Gehabe eines Gernegroß sehen, der seine Unsicherheit hinter einer Maske aus übersteigertem Selbstbewusstsein verberge. Ich nahm ihn jedoch ernst. So fragte ich denn als Erstes, warum er um dieses Gespräch mit mir gebeten habe.

»Ich sitze jetzt seit zwei Wochen in Untersuchungshaft und weiß noch immer nicht, warum ich festgehalten werde. Was wirft man mir vor, wessen werde ich beschuldigt? Erstens. Und zweitens: Falls es Schuldvorwürfe geben sollte, dann hörte ich gern die Begründung. Und zwar substantielle Belege.«

K. hatte offenkundig die juristischen Fachbücher nicht nur in sein Regal gestellt, um dieses zu füllen, er hatte sie auch studiert. Bestimmte Termini gehörten gewiss nicht zum Alltagswortschatz eines DDR-Bürgers. Wobei das hiesige Juristendeutsch sich erheblich von dem westdeutschen unterschied.

Unsere Gesetze konnte man auch ohne Anwalt verstehen. Drüben war die Unverständlichkeit Methode. Einmal um die Ehrfurcht des Normalbürgers vor der Jurisprudenz zu erhöhen, zum anderen um der stetig wachsenden Anwaltszunft Lohn und Brot zu sichern, und zwar üppiges Brot. Die ganze DDR kam mit sechshundert Anwälten aus, allein in Frankfurt am Main, so hieß es, seien es sechstausend. War die spärlich vertretene Anwaltszunft Ausdruck mangelnder Rechtsstaatlichkeit? Gewiss nicht: Die meisten Streitereien wurden von den Konfliktkommissionen gelöst. Im Westen kannte man diese gesellschaftliche Einrichtung nicht. Deshalb wurden die banalsten Konflikte vor Gericht ausgetragen, von herübergewehten Blättern auf dem Rasen des Gartennachbarn bis hin zum Sturz auf der ausgetretnen Treppe. Wer profitierte davon, egal, ob das Verfahren mit einem Sieg oder einer Niederlage des Mandanten endete? Sein Anwalt.

Fünfzehn Jahre später sollte der Ministerpräsident des Landes Sachsen-Anhalt auf dem Rechtspolitischen Kongress der Friedrich-Ebert-Stiftung erklären: »Das Zivilgesetzbuch der DDR wurde … von den Bürgerinnen und Bürgern der DDR aktiv zur Gestaltung ihrer Lebensbedingungen genutzt. Es stand bei vielen zu Hause im Bücherschrank. Das BGB mit all seinen Nebenbestimmungen bleibt dagegen ein Buch mit sieben Siegeln. Das Kleingedruckte auch in Verträgen des täglichen Lebens ist schwer durchschaubar.« Reinhard Höppner (SPD) beschrieb des Zivilgesetzbuch der DDR, das am 1. Januar 1976 das Bürgerliche Gesetzbuch in der DDR abgelöst hatte. Es gehörte inzwischen in der DDR zu den Bestsellern in nie gekannter Auflagenhöhe. Ich diente damals bei den Kampfschwimmern, als der Entwurf des ZGB öffentlich diskutiert wurde, wobei ich die Debatte nur peripher wahrnahm. Ich konnte damals nicht wissen, dass schon wenige Jahre später eben jenes ZGB zu meinen wesentlichen Arbeitsinstrumenten gehören würde. Ich erinnerte mich lediglich der Stellungnahmen der Fraktionen in der Volkskammer. Der Sprecher der CDU erklärte, dass die Christdemokraten in allen Gesetzesbestimmungen Maximen sahen, »die in vollem Maße sozialen Konsequenzen aus christlicher Ethik« entsprächen, und die Liberalen meinten zu dem verworfenen Bürgerlichen Gesetzbuch: »Das Maß des BGB waren Geschäft und Profit; das Maß unseres ZGB sind der Mensch als Persönlichkeit und seine Beziehungen zur Gesellschaft.«

»Also, legen Sie mir Beweise für meine vermeintliche Schuld vor.« K. wiederholte den letzten Satz, weil ich noch nicht auf seine Ausführungen reagiert hatte.

Wie sollte ich reagieren? Auftrumpfend? Demagogisch? Erpresserisch? Natürlich wollte ich wie jeder Vernehmer ein Geständnis. Das erleichterte das Verfahren. Wenn ein Beschuldigter sich offenbarte, seine subjektive Verantwortung und Schuld eingestand, insbesondere wenn es nur wenige oder gar keine Beweise gab, dann half das allen Beteiligten. Selbst dem Angeklagten. Er hatte bei der Aufklärung einer Straftat mitgewirkt, hieß es dann, und seine Reue wurde, wie es bei Gericht formuliert wurde, gewürdigt.

So gehe das nicht, entgegnete ich ungehalten. Die Ermittlungen liefen noch. Was wir herausgefunden hätten, genüge allemal, ihn in Untersuchungshaft zu belassen. Doch diese Details müsse ich ihm nicht offenbaren. »Im Übrigen darf ich Sie daran erinnern, dass Sie um dieses Gespräch nachgesucht haben, nicht ich.«

K. blieb erstaunlich gelassen.

»Wir können sofort Schluss machen. Ich lasse Sie in Ihre Zelle zurückbringen und erst wieder holen, wenn ich es für notwendig halte.«

Und nun geschah etwas Merkwürdiges, das ich mir nicht erklären konnte. Der sonst mit messerscharfer Logik argumentierende K. hatte wohl einen kurzzeitigen Aussetzer, weil er auf meine Drohung mit der entlarvenden Frage reagierte: »Ja haben Sie nichts in meiner Wohnung gefunden, als Sie diese durchsuchten?« Man konnte diesen Einwurf allerdings auch als Versuch interpretieren, dass K. damit auf den Busch klopfen wollte, um zu erfahren, ob wir dort überhaupt etwas ihn Belastendes entdeckt hatten.

»Was hätten wir denn finden sollen?« Ich hielt mich bedeckt und antwortete darum mit einer Gegenfrage.

»Nein, natürlich nichts«, sagte K. und gab sich harmlos und wenig beeindruckt. »Sie hätten nichts finden können.«

Ich griente und erhob mich. K. schaute ein wenig verunsichert, als ich eine einladende Bewegung mit meiner Rechten machte. Er stand auf, ich ergriff seinen Arm. »Kommen Sie.« Wir machten gemeinsam ein paar Schritte, dann drückte ich die Klinke an der Tür zu meinem Nebenraum nach unten. Es war wie früher zu Heiligabend, wenn sich die Eltern den Weihnachtsmann zur Bescherung sparten und die Pakete unter die Tanne legten und erklärten, dass Knecht Ruprecht aufgrund der Fülle seiner Verpflichtungen schon zu den nächsten Kindern geeilt sei, um auch dort seine Geschenke zu überreichen. Ich öffnete die Pforte wie es im Kirchenlied hieß: »Macht hoch die Tür, das Tor macht weit« – und gab den Blick frei auf die Dinge, die wir sichergestellt hatten.

K. warf nur einen kurzen Blick hinein. In Sekundenbruchteilen verfärbte sich sein Gesicht. Er wurde, wie man so sagt, leichenblass, griff zum Türrahmen, um sich festzuhalten, ging in die Knie und kippte nach vorn.

Wenn die Ohnmacht nicht echt war, so war sie zumindest gut gespielt.

Ich versuchte K. aufzurichten, was kein Problem darstellte, der Hänfling war nicht tot. So schnell wie er sich in die Dunkelheit verabschiedet hatte, tauchte er aus dieser auch wieder auf.

»Brauchen Sie einen Arzt?«, erkundigte ich mich dennoch. Ich ließ mich auf das Spiel ein, wobei ich nicht mit Sicherheit sagen konnte, ob es sich um ein Spiel oder um medizinisches Problem handelte. Denn träfe Letzteres zu und zöge Folgen aufgrund von Ignoranz nach sich, würde ich als der Vernehmer dafür haften. Und dabei dachte ich noch nicht einmal an eine mögliche Interpretation, dass physische, mindestens aber psychische Gewalt eingesetzt worden sei.

K. nickte. Er schien aktuell kein Interesse an der Fortsetzung unseres Gespräches zu haben.

Der Arzt, der ihn untersuchte, entschied die Überstellung ins Haftkrankenhaus. Das befand sich in der Scharnhorststraße und war eine spezielle Abteilung im Hospital des MdI. (Am 3. Oktober 1990 sollte die Bundeswehr dieses Krankenhaus übernehmen.)

Nach drei Wochen saß K. erneut vor mir. Er schien wie ausgewechselt. Er habe die Ruhe im Hospital dazu genutzt, um über sich und das Leben nachzudenken, eröffnete er das Gespräch.

Ich ließ das Band laufen und ihn reden.

Er bedanke sich für meine Geduld und die Fairness, mit der er behandelt worden sei, setzte er fort und schaute mich dabei treuherzig an.

Was soll diese Schleimerei, dachte ich, glaubte er, dass er auf diese Weise trocken unterm Regen durchkäme? So naiv konnte der doch gar nicht sein.

Offenkundig schien er meine Gedanken gelesen oder erraten zu haben. Er wolle sich nicht bei mir anbiedern, das entspräche seiner ehrlichen Überzeugung.

Und die sei ihm in den vergangenen drei Wochen gewachsen, entgegnete ich nicht frei von Ironie. O Wunder der Medizin, rief ich und hob die Hände: Hosianna.

Er lächelte ein wenig gequält.

Die Spulen auf dem Tonband drehten sich mit einem leichten Schleifen. Das unangenehme Geräusch war das einzige, was im Raum zu hören war. K. schwieg, ich suchte angestrengt nach der nächsten Frage.

»Wollen Sie einen Kaffee?«

»Gern.«

Ich ging zu meiner Maschine auf dem Sideboard.

»Könnte sein, dass der Kaffee ein wenig stark ist. Er steht schon einige Zeit.« Ich goss die tiefschwarze Brühe in zwei Tassen.

»Dann bitte mit viel Milch und Zucker.«

»Kaffeesachse, was?«, scherzte ich.

»Nee, empfindlicher Magen.«

Die Sahne färbte den Tasseninhalt goldgelb. Da sah er schon viel freundlicher aus. Der Kaffee schmeckte dennoch furchtbar.

K. verzog leicht das Gesicht, als er den ersten Schluck nahm, sagte aber nichts. Er war Besseres gewöhnt als Bohnen aus dem Magdeburger VEB Röstfein. Ich nicht.

Womit beginnen? Vielleicht mit der Waffe? Illegaler Waffenbesitz gehörte zu den schwersten Delikten in der DDR. Selbst jene, die vom Waffenbesitz eines anderen Kenntnis hatten, waren bei Vermeidung eigener Bestrafung zur Anzeige verpflichtet, anderenfalls landeten sie ebenfalls vor Kadi. »Woher hatten Sie die Pistole?

»Das ist eine lange Geschichte.«

»Kein Problem. Ich habe mehrere Tonbänder im Schreibtisch.«

»Ich wollte das Abitur an der Volkshochschule machen.«

»Warum?«

»Um zu studieren.«

»Was wollten Sie denn studieren?«

»Medizin oder Jura. Dazu brauchte ich aber die Hochschulreife, also das Abitur.«

»Klingt doch gut«, kommentierte ich. Ein junger Mensch mit einem klaren Ziel vor Augen. Das hatte man heutzutage selten.

»Ich hatte mich damals für beide Studienrichtungen an der Humboldt-Universität beworben.«

»Gleichzeitig?«

Er nickte. Man habe ihm mitgeteilt, was er alles vorlegen müsse, um seinem Antrag positiv prüfen zu können. Zeugnisse, Praktikumsbelege und -beurteilungen, Referenzen und Empfehlungen, also stapelweise Papiere.

»Die Sie nicht besaßen.«

»Die ich nicht besaß. Daher also Volkshochschule. Allerdings«, K. zögerte ein wenig, »der Jugendknast in Brandenburg-Görden war ja nicht unbedingt eine Empfehlung.«

»Weshalb Sie andere brauchten. Freundlichere.«

K. nickte.

»Und die beschlossen Sie dann selbst zu schreiben.«

Er nickte erneut. »Wobei ich nicht vordringlich darauf aus war. Zunächst jedenfalls nicht. Es passierte einfach.«

Ich musterte ihn skeptisch.

»Es war Zufall, dass die Direktorin der Volkshochschule den Schlüssel in der Tür zum Lehrerzimmer abends stecken ließ, und Zufall, dass ich es bemerkte.«

»Und den Schlüssel haben Sie dann entwendet.«

Er lächelte. »Naja, sagen wir: geliehen. Der war nicht allein, es hingen viele andere wichtige Schlüssel mit am Bund, etwa der für den Hauseingang und auch der vom Panzerschrank in ihrem Büro. Ich bin nach Mitternacht in die Linienstraße – das ist nur zehn Minuten zu Fuß von meiner Wohnung entfernt, und habe mir aus dem Direktorenzimmer Kopfbögen und Stempel geholt. Im Panzerschrank lagen die Zeugnisformulare, blanke Urkunden und ein Dienstsiegel. Das habe ich alles eingesteckt.«

»Und anschließend die Schlüssel weggeworfen.«

K. schüttelte den Kopf. »Nicht alle.« Er habe den Schlüssel am Panzerschrank stecken lassen, weil man das Schloss nicht hätte wechseln können. Ohne Schlüssel wäre das Ding also wertlos gewesen. Was ihn gedauert hätte. Deshalb habe er den Schlüssel vom Bund abgemacht.

Wie edel, höhnte ich und biss mir auf die Zunge, ich hatte ein wenig überzogen.

»Am nächsten Tag herrschte keineswegs Aufregung an der Schule, was eigentlich zu erwarten gewesen wäre. Die Schulleiterin hielt den Ball flach, nachdem sie festgestellt hatte, dass nichts Wertvolles verschwunden war … Es gab nichts Besonderes, was man hätte klauen können. Ich vermute mal, dass sie nicht einmal das Fehlen von einigem Papier bemerkt hatte. Jedenfalls wechselte der Hausmeister die Schlösser aus. Aber irgendwie muss dann die Sache doch publik geworden sein. Wahrscheinlich war's das Dienstsiegel, dessen Fehlen sie nicht vertuschen konnte. Jedenfalls ging die Sache dann doch zur Polizei, und alle Lehrer und Schüler, die sich an jenem Abend im Hause aufgehalten hatten, wurden zur Zeugenbefragung in die Keibelstraße vorgeladen.«

»Sie auch?«

»Aber sicher.«

»Und da haben Sie – soll ich mal raten – die Pistole geklaut.«

K. nickte, und über sein Gesicht huschte ein Anflug von Stolz. Er habe vom Flur aus durch eine geöffnete Tür gesehen, wie ein Polizist seine Waffe in den Schreibtisch gelegt und dann das Zimmer verlassen habe. Daraufhin sei er ins Büro gegangen, hätte die Pistole und die beiden Magazine aus dem Schubfach genommen und sich zwei Türen weiter zur Zeugenvernehmung gemeldet.

Nerven habe er, sagte ich, das müsse man ihm lassen.

Die Anerkennung schien ihm zu gefallen. Endlich bescheinigte ihm einmal ein Polizist, was er doch für ein cleveres Bürschchen war. K. lächelte still in sich hinein.

»Hatten Sie etwas mit der Pistole vor?«

»Um Himmels willen: nein. Ich bin ein friedfertiger Mensch, der Gewalt verabscheut.«

Warum habe er dann die Waffe gestohlen, insistierte ich.

Er hob die Achseln. Das wisse er heute auch nicht mehr. Es sei wahrscheinlich ein Reflex gewesen, keine zielgerichtete Aktion. Sehen und zugreifen. Die Entscheidung erfolgte spontan und in Sekundenschnelle. Warum? Das könne vielleicht ein Psychologe ergründen, er sei dazu jedenfalls nicht imstande. Und wieder lächelte er das Unerklärliche weg.

»Na schön«, sagte ich, »kommen wir zum nächsten Punkt. Warum Sie die Papiere und Stempel in der Volkshochschule entwendeten, haben wir ja nun geklärt. Aber Sie haben sich auch andere Briefbögen verschafft. Von der Charité, von Rechtsanwalt Vogel, sogar in Magdeburg sei er gewesen.

K. lächelte. Es war ein hintergründiges Lächeln, das nicht eindeutig zu bestimmen war. Amüsierte er sich über den Fragesteller, wollte er damit seine Unschuld bekunden? Keine Ahnung.

»Wissen Sie, Herr Leutnant, aus der Notwendigkeit wurde rasch eine sportive Herausforderung. Als die Universität mir mitteilte, was ich für Papiere beizubringen habe, um zum Studium zugelassen zu werden, ging ich fast in die Knie. Dann konnte ich mir mit den gestohlenen Vordrucken ein exzellentes Abitur bescheinigen und eine fantastische Beurteilung ausstellen, was meinen Ehrgeiz weckte. Ich kaufte mir einen weißen Arztkittel und besuchte verschiedene Kliniken der Charité. Dort studierte ich die Dienstabläufe und die Bewegungen in den Büros. So nach und nach besorgte ich mir die entsprechenden Insignien und Papiere, um mir diverse Praktika und uneigennützige Hilfsdienste zu attestieren. Nur einmal wurde ich in einem Arztzimmer von einer Schwester überrascht, doch dank meiner Gewandung und dem Stethoskop um den Hals ging die Sache glimpflich aus. Ich sei auf der Suche nach einer Patienten-Akte, sagte ich, und schlüpfte enttäuscht aus dem Raum, weil ich die Akte nicht gefunden hatte. Das war mein letzter Besuch in der Charité.«

»Und warum dann noch das Schwermaschinenbaukombinat ›Ernst Thälmann‹ in Magdeburg und die Kanzlei Vogel?«

Er griente. »Sie haben vergessen, dass ich unentschlossen war, ob ich nun Medizin oder Jura studieren wollte, weshalb ich mich für beide Studienrichtungen entschieden und auch beworben hatte. Die Referenzen des SKET und von Vogel brauchte ich doch fürs Jura-Studium. Ein gewichtiges Wort aus einem der bedeutendsten Kombinate der DDR hatte doch Gewicht, nicht wahr?«

K. beschrieb ausführlich und pointiert, wie es ihm gelungen war, auch dort Blanko-Papiere und Stempel zu entwenden, und welches Vergnügen es ihm bereitet habe, dem Studienbewerber K. allerbeste Voraussetzungen zu bescheinigen inklusive des festen Klassenstandpunktes, für ein Jura-Studium nicht unerheblich.

Er habe vermutlich nichts falsch gemacht, sagte er, denn die Zulassungskommission der Humboldt-Universität habe ihm mitgeteilt, dass er im Herbstsemester 1983 sein Studium beginnen könne. Allerdings müsse er sich noch entscheiden, ob Jura oder Medizin, denn beides gehe bekanntlich nicht.

Nun, sagte ich, die Entscheidung sei wohl jetzt getroffen, sie laute Weder-Noch. Denn ein Studium werde er sich für absehbare Zeit abschminken können, dessen sei er sich hoffentlich bewusst.

K. schwieg und schaute zu Boden.

»Aber machen wir weiter: Was hat es mit den vielen technischen Geräten auf sich, die wir bei Ihnen auf dem Boden sichergestellt haben?«

Er blies die Backen auf und ließ hörbar die Luft zwischen den Lippen entweichen. Die gehörten ihm nicht, sagte er, er habe sie nur aufbewahrt. Das sei eine Art Zwischenlager für Bekannte aus Westberlin gewesen. Die hätten es bei ihm für Freunde in der Republik abgegeben, weil sie selbst keine Zeit oder keine Möglichkeit gehabt hätten, die Sachen direkt zu übergeben. Deshalb habe er die Geräte in Verwahrung genommen, bis sie von den Leuten abgeholt wurden. Und als Dank habe er sich gern Fachbücher und Fotobücher von drüben schenken lassen.

Ich ging auf die Mär vom Zwischenlager nicht ein, wobei dies für die Hehlerware – und um solche handelte es sich zweifellos – vielleicht sogar zutraf. Das Zeug wurde in Westberlin gestohlen und in die DDR verbracht. Dort gab es nicht wenige potenzielle Abnehmer, die mit »bunten Scheinen« Fernseher oder HiFi-Geräte bezahlten, wenn sie denn preiswerter waren als im Intershop. Die DDR war ein idealer Markt für Diebesgut von drüben. Gäbe es ein Rechtshilfeabkommen mit dem Westberliner Senat, ließe sich so etwas ermitteln, doch auf Amtshilfe konnten wir da nicht rechnen.

»Stammen auch die Devisen aus solchen Geschäften?«

»Welche Devisen?« Er spielte den Überraschten.

»Ich rede von den 16 000 D-Mark und den 2000 Dollar, die wir in Ihrer Wohnung gefunden haben.«

»Was, so viel war das? Wissen Sie, ich habe nie nachgezählt.«

»Wo kommt das Geld her, wenn es keine ›Lagergebühren‹ oder Verkaufsprovisionen waren«, drängte ich nach, weil mir das alberne Ausweichen und Changieren zunehmend auf den Nerv ging.

»Lagergebühren ist eine gute Idee«, sagte K. unbeeindruckt von meiner wachsenden Ungeduld. »Ich hätte vielleicht mehr als nur Bücher verlangen sollen.« Er lauschte dem Gedanken versonnen nach. »Nein, es handelte sich weder um Lagergebühren noch um Provision«, erklärte er apodiktisch.

»Wofür war es dann?«

K. spitzte die Lippen. »Nun, für bestimmte Dienstleistungen kann man richtiges Geld verlangen. Sie verstehen?«

»Nee, verstehe ich nicht. Werden Sie mal deutlicher.«

Er klappte die Augenlider nieder, als langweile ihn die Frage. Oder er wollte dichtmachen. Dann öffnete er wieder die Augen. »Herr Leutnant, stellen Sie sich mal vor: Es soll Männer geben, die nicht auf Frauen stehen.«

»Sie haben sich prostituiert?«

»So würde ich das nicht nennen. Die Jungs, die mich besuchen, wollen einfach nur entspannen und ein wenig Spaß haben.«

»Und helfen dabei ein wenig mit Koks nach, wenn der Spaß nicht gleich kommt «

»Kann sein. Was weiß ich womit sie ihre Nase pudern.«

»Und manchmal lassen sie etwas von dem Puder da.«

Langsam lief die Vernehmung aus dem Ruder, K. fand zu seiner alten Rolle zurück und begann wieder mit mir zu spielen.

»Herr K.«, hob ich an und schaute auf das Tonband, die Spulen kreisten. Das Band war von der einen auf die andere Seite gelaufen, die rechte Spule inzwischen größer als die linke. Ich schätzte, dass ich sie nach vielleicht einer Viertelstunde wechseln musste.

»Herr K., der Besitz von Devisen ist nicht strafbar, wohl aber der von Drogen. Wir haben in Ihrer Wohnung diverse Substanzen und Medikamente gefunden, die Opioide enthielten, etwa Dolcontral. Vermutlich haben Sie das mit gefälschten Rezepten in Apotheken besorgt. Wenn's denn nicht aus anderen Quellen stammte.«

»Ich darf Sie korrigieren, Herr Leutnant. Die Rechtslage in der DDR ist ähnlich wie in der Bundesrepublik Deutschland. Der Besitz von Drogen für den Eigenbedarf ist nicht strafbewehrt. Vater

Staat tritt erst dann auf den Plan, wenn damit gehandelt wird. Ich habe nicht gedealt. Ich habe allenfalls konsumiert.«

Ich lachte. »Die Linie, die Sie mit der Menge Kokain aus Ihrer Wohnung hätten ziehen können, reicht vielleicht über die ganze Straße, von Bordstein zu Bordstein.«

»Wer schnupft schon auf der Straße?«

Ich überhörte das und verließ das dünne Eis, auf dem ich mich bewegte. Das sollten die Staatsanwaltschaft und das Gericht klären, ich kannte mich bei Drogendelikten nicht genügend aus. »Halten wir also fest: Sie geben zu, dass die Ihnen vorgehaltenen Sachverhalte zutreffen. Sie haben sich Dokumente beschafft, Urkunden gefälscht, sich Titel angemaßt – ich erinnere nur an diesen obskuren Bettelbrief, mit dem Sie sich eine Wohnung im Nikolaiviertel erschlichen haben … Wer ist übrigens der Mann, der augenblicklich dort wohnt?«

»Ach, das ist ein guter Freund. Der brauchte eine Wohnung. Also habe ich ihm geholfen. Ich helfe gern, ich bin ein Menschenfreund.« Dabei setzte er ein unschuldiges Lächeln auf, dass es in meinen Fingern zu jucken begann. Sie krümmten sich zur Faust. Ich musste sie zwingen, unterm Tisch zu bleiben.

»Wissen Sie, wie viele Leute in dieser Stadt nach einer menschenwürdigen Behausung suchen?«

»Weiß ich«, sagte er. »Auch Herr Clausen war auf der Suche.«

»Gewiss. Aber andere suchten schon länger.«

»Eine kinderreiche Familie würde dort so wenig leben können wie ein altes Ehepaar.«

»Es gibt nicht nur Kinderreiche und Rentner in der Stadt!«

»Ach, Herr Leutnant«, seufzte K. bedeutungsschwer. »Wer will darüber schon rechten? Wollen Sie entscheiden, wer es verdiente, in eine Neubauwohnung im Zentrum zu ziehen, und wer nicht? Seien Sie versichert: Jeder, der von Ihnen nicht berücksichtigt würde, empfände dies als ungerecht und fühlte sich benachteiligt. Wo einer gewinnt, verlieren auch immer andere.«

»Natürlich ist das so.«

»Sehen Sie, ich habe lediglich ein wenig Entscheidungshilfe geleistet, indem ich um eine Wohnung nachsuchte.«

»Für einen Rollstuhlfahrer, den es nicht gab.«

Er setzte wieder sein diabolisches Lächeln auf. »Mein Gott, man muss doch auf der sozialistischen Klaviatur spielen. Sie wissen doch, eine Gesellschaft ist so sozial, wie sie sich zu ihren schwächsten Gliedern verhält. Bringen Sie doch den Klinikarzt und die Mitarbeiterin der KWV nicht um ihr befriedigendes Gefühl, eine gute Tat begangen zu haben. Echte Sozialisten.«

Nun reichte es mir. Ich drückte auf die Taste, nachdem ich das Ende der Vernehmung ins Mikrofon gesprochen hatte und klingelte nach den Schutzpolizisten. Abführen, sagte ich. Der Polizist legte K. die Handschellen an und verließ mit ihm den Raum.

Das Stadtbezirksgericht in der Littenstraße verurteilte Oskar K. zu vier Jahren Haft. Der Hochstapler hatte Glück, denn ihm wurden nur mehrfacher Diebstahl, Betrug und Amtsanmaßung zur Last gelegt. Die anderen Straftaten ließ man aus verständlichen Gründen unter den Gerichtstisch fallen. Es war kein Ruhmesblatt für die Polizei, auf derart lächerliche Weise eine Pistole verloren zu haben.

1987, ich war soeben zum Leiter der Berliner Kriminalpolizei berufen worden und hatte mein Büro im vorderen Teil des Polizeikomplexes am Alexanderplatzes bezogen, meldete sich die Wache vom Eingang bei mir. Hier sei ein Herr K., der mich zu kennen vorgebe und zu sprechen wünsche.

Ich musste eine Weile überlegen, wer der Besucher sein könnte, und nachdem ich mein Gehirn intensiv durchforstet hatte, fiel es mir wieder ein. Natürlich, es konnte sich nur um Oskar K. handeln, diesen Filou. War der etwa schon wieder draußen? Wahrlich, die Zeit raste für unsereinen. Jene, die in einer Zelle saßen, sahen das vermutlich anders.

»Was will er denn?«

»Weiß ich nicht. Er hat nur gesagt, dass er Sie sprechen wolle, Genosse Major.«

Ich verspürte wenig Lust auf eine Begegnung, aber letztlich war ich Amtsperson und hatte auf Bürgeranliegen zu reagieren. Wenn mich jemand sprechen wollte, durfte ich mich nicht verweigern, selbst wenn es sich um einen verurteilten Straftäter handelte.

»In Ordnung«, knurrte ich in die graue Hörermuschel, »lassen sie ihn hochbringen«.

Wenig später stand K. vor mir, er hatte sich optisch kaum verändert. Und auch sein typisches Lächeln hatte sich nicht verwachsen. Er setzte es umgehend auf, als er mein Büro betrat und mich erblickte. »Herr Romahn, wie ich mich freue …«

Er machte einige Schritte auf mich zu und streckte mir die Hand entgegen.

Ich wollte nicht unhöflich sein und ergriff sie, sah aber keinen Grund, mich ebenfalls besonders erfreut zu zeigen. Wobei ich mir nicht schlüssig war, ob dieser Gefühlsausbruch nicht wieder gespielt war. Mit berufsmäßig ernstem Gesicht wies ich auf einen Stuhl am Beratungstisch, der an meinen Schreibtisch stieß.

K. nahm Platz, ließ seinen Blick im Raum schweifen. Er musterte die Sansevierien in der Blumenbank, die wie das Honecker-Bild zur Grundausstattung aller DDR-Büros gehörte, als würde er solche Grünpflanzen zum ersten Mal in seinem Leben sehen.

Fehlte nur noch, dass er den Bogenhanf und seinen Zustand zu loben begann, dachte ich. Doch K. ersparte mir diese Albernheit.

»Na, was haben wir auf dem Herzen«, eröffnete ich das Gespräch mit einem Gemeinplatz, weil er noch immer nichts gesagt hatte.

K. atmete tief und antwortete, keineswegs überraschend, mit der erwartbaren Feststellung, dass er zwar nicht wisse, was ich auf dem Herzen habe, er wisse nur, was ihn selbst bedrücke.

Er war also auch in dieser Hinsicht ganz der Alte: schlagfertig und auf jedes Wort achtend. Seine Replik provozierte die von ihm gewünschte Reaktion.

»Was bedrückt Sie, Herr K.?«

»Ich habe meine Strafe abgesessen.«

Ich nickte.

»Bis auf den letzten Tag.«

Ich nickte wieder.

»Und nun finde ich keine Arbeit.«

Das Gespräch nahm eine überraschende Wende.

»Hat man Ihnen keine Arbeit zugewiesen? Dazu ist doch die Abteilung Inneres gesetzlich verpflichtet. Schon wegen der Resozialisierung.«

»Hat sie. Aber die Betriebe, in die man mich schickte, wollten mich nicht haben.«

»Das dürfen die aber nicht. Ich meine, sie dürfen Sie nicht wegschicken. Das ist eindeutig geregelt.«

Er winkte ab. »Es gibt Dutzende Begründungen, weshalb der Daumen legal gesenkt werden kann. Keine Planstelle frei, kein Kollektiv für die Betreuung geeignet, bereits zu viele verurteilte Straftäter im Kader und so weiter. Keine Chance.«

»Und nun glauben Sie, dass ich daran etwas ändern kann? Herrliche Einfalt. Ich bin Kriminalist, kein Arbeitsplatzvermittler.«

»Aber Sie kennen doch Hinz und Kunz, Sie sind eine Autorität und Staatsmacht. Wenn Sie irgendwo anrufen, hat das eine andere Bedeutung, als wenn unsereiner mit dem Entlassungsschein in der Kaderabteilung anklopft.«

K. schien wirklich ratlos. So hatte ich ihn damals nie erlebt. In keiner Phase der Ermittlungen. Sollte ich mich wirklich einschalten? Ich war nicht dazu verpflichtet. Meine Betreuungsaufgabe, wenn man die Ermittlungen einmal so definierte, war in dem Moment erledigt, wenn ich die Untersuchungsergebnisse dem Staatsanwalt übergeben hatte. Ich konnte mich nicht um jeden entlassenen Straftäter persönlich kümmern, nur weil ich ihn überführt hatte. Daraus erwuchs keine Verpflichtung. Weder eine dienstliche noch eine moralische.

Andererseits tat er mir leid. Ich konnte K. doch nicht einfach wegschicken, wie es die Betriebe getan hatten. Er hatte Mist gebaut, war dafür verurteilt worden, hatte seine Strafe verbüßt und war nun wieder ein ganz normaler Staatsbürger mit allen Rechten und Pflichten. Wir waren zwar nicht in einer Mozart-Oper, in der es hieß: »In diesen heil'gen Hallen kennt man die Rache nicht, und ist ein Mensch gefallen, führt Liebe ihn zur Pflicht.« Weder war ich Sarastro noch war das Berliner

Polizeipräsidium eine »heil'ge Halle«. Und schon gar nicht ging es um Liebe. Doch ich war Staatsorgan und Genosse, also hatte ich mich zu kümmern.

»Ich schicke Sie nicht weg, Herr K.«, sagte ich, »aber rausschicken muss ich Sie schon, wenn ich jetzt telefoniere. Können Sie bitte auf dem Flur warten? Rauchen Sie eine, es dauert nicht lange.« Ich schnipste eine Juwel aus der Packung und hielt ihm die Zigarettenschachtel hin.

»O nein, danke«, wehrte er ab. »Ich habe mir im Knast alle Laster abgewöhnt. Sogar das Rauchen.«

Nachdem sich hinter ihm die Tür geschlossen hatte, griff ich zum Hörer und blätterte in meinem privaten Telefonverzeichnis. Unter L wie Lehmann fand ich Utes Nummer. Sie war eine gute Bekannte und Chefin des Centrum-Warenhauses um die Ecke. Ich steckte den Finger in die Wählerscheibe und drehte.

Es klingelte nur einige Male, dann meldete sie sich. »Nein Ralf, keine Sonderangebote, keine Re-Importe, auch keine besonderen Vorkommnisse.«

Ich lachte. »Ganz was anderes. Ich will nichts haben, sondern dir was anbieten.«

Kurze Pause. »Lass hören.«

»Ich habe hier einen sehr intelligenten Lagerfacharbeiter, der eine Anstellung braucht. Ihr sucht doch ständig Leute. Das ist ein sehr guter Mann.«

»Was ist der Haken?« Ute Lehmann roch den Braten.

»Er ist mehrfach vorbestraft.«

»Was hat er auf dem Kerbholz?«

Naja, sagte ich und verkürzte das Strafregister auf Betrug und Hochstapelei. »Nichts Gewalttätiges. Der Bursche ist Mitte zwanzig, wir sollten ihm eine Chance geben.«

»*Ich* soll ihm eine Chance geben«, echote Ute.

»Du wirst es nicht bereuen, der bringt Ordnung in dein Lager.«

»In meinem Lager herrscht Ordnung«, kam es zurück.

»Nur ab und zu verschwindet mal etwas. Deine letzte Anzeige liegt doch noch nicht so lange zurück, dass du sie bereits vergessen haben könntest.«

»Also gut, schick ihn rum. Wie heißt er?«

Ich nannte den Namen und lieferte eine Personenbeschreibung. »In einer Viertelstunde ist er bei dir. Danke.«

Ich erhob mich und ging zur Tür. K. lief draußen auf dem Gang auf und ab wie ein Prüfling, der auf die Verkündung des Prüfungsergebnisses wartete. Ich winkte ihn in das Büro. Er nahm wieder brav auf seinem Stuhl Platz.

»Im Centrum-Warenhaus ist eine Stelle im Lager frei. Melden Sie sich umgehend bei Frau Ute Lehmann, sie ist die Chefin.« Ich kritzelte den Namen auf einen Zettel und reichte ihm diesen, was eigentlich unnötig war. Auf dem kurzen Weg über dem Alex würde er ihn schon nicht vergessen. Aber vielleicht brauchte er ihn als Passagierschein unten am Eingang. »Ich habe nur eine Bitte: enttäuschen Sie mich nicht!«

K. nickte, er hatte verstanden. »Versprochen.«

Er hielt sein Versprechen.

Zwei, drei Mal meldete sich Ute bei mir. Es wäre eine gute Entscheidung gewesen, K. an sie zu vermitteln. Im Lager sei er ihr bester Mann: zuverlässig, engagiert und anständig. Seit er bei ihr arbeite, herrsche dort nicht nur Ordnung. Der Warenschwund sei auch merklich zurückgegangen, wie jede Inventur aufs Neue bestätige.

Ich freute mich mit ihr.

Dann kam die Wende und der Beitritt.

Das größte Warenhaus der DDR, in den sechziger Jahren bei der Umgestaltung des Alexanderplatzes am Ort des während des Krieges zerstörten Kaufhauses von Hermann Tietz (Hertie) errichtet, wurde von der Metro AG übernommen. Also privatisiert. Das aber interessierte mich nicht. Die meisten von uns waren mit sich selbst beschäftigt, mussten sich beruflich neu orientieren.

Bei mir schien es weiterzugehen. Ich hatte im Sommer bereits meine Kommandierung zu einen Lehrgang an der Polizeischule in Münster bekommen, die Runderneuerung sollte am 7. Oktober 1990 beginnen.

Am letzten Tag der DDR hatte ich Dienst. Ich war der letzte entscheidende Offizier im Polizeipräsidium und wurde deshalb gebraucht, um vorläufige Haftbefehle auszustellen oder aufzuheben. Bis vierundzwanzig Uhr galten schließlich die Gesetze der DDR. Alle anderen Offiziere hatte man schon ausgemustert und nach Hause geschickt. Um null Uhr waren die Telefone tot. Auf die Sekunde hatte man die Verbindungen gekappt.

Ich schloss mein Büro ab (den Schlüssel besitze ich noch), ging die Flure entlang und lief die Treppe hinunter. Fahrstuhl und Paternoster bewegten sich nicht mehr. Zumindest den Strom für die Beleuchtung hatte man nicht abgedreht.

Am Tag nach der Vereinigung, am 4. Oktober, meldete ich mich weisungsgemäß in der Keith-Straße 30 in Tiergarten bei Kriminaloberrat Gerhard im Kommissariat »Leben und Gesundheit«. Der schickte mich gleich weiter ins Polizeipräsidium am Platz der Luftbrücke. Den Grund, weshalb mich Vizepräsident Peters zu sprechen wünschte, konnte oder wollte er mir nicht nennen. Ich sollte mich jedenfalls bei ihm melden.

Das tat ich.

Peters schob mir eine Liste über den Tisch, die ich zur Kenntnis nehmen und dann unterzeichnen sollte. Auf dem Blatt stand fast die gesamte Polizeiführung, die bis vorgestern in der DDR-Hauptstadt amtiert hatte. Bis auf zwei K-Leiter entledigte man sich ihrer. Auch mir wurde der Brief, den alle anderen bekommen sollten, über den Tisch geschoben. Ich sei vorläufig vom aktiven Dienst befreit, hieß es darin, eine Begründung gab es nicht. Das hieß auch: kein Lehrgang in Münster.

Nach vier Wochen bekam ich Post aus der Personalverwaltung. Ich solle mich im Polizeipräsidium melden.

Dort händigte man mir einen dreißig Seiten umfassenden Fragebogen aus. Besonderes Interesse zeigte man darin für die Zusammenarbeit des MdI mit dem MfS und speziell für die AG 0118 beim Rat des Stadtbezirks Mitte. Das war die wöchentlich tagende Arbeitsgruppe, welche über die Ausreiseantragsteller urteilte. Ihr gehörte ein Vertreter der Abteilung Inneres an, ein Mann der Hauptabteilung VIII des MfS (Beobachtung und Ermittlung), der stellvertretende Kommissariats-Leiter und noch einige andere Amtspersonen. Der Vertreter der Kriminalpolizei gab dort Auskünfte zu den relevanten Personen, ob diese vorbestraft waren, Ermittlungsverfahren anhängig oder noch unbezahlte Rechnungen zu begleichen waren und dergleichen mehr. Wenn nichts mehr offen war, machte er seinen Haken an die Personalie.

Einige Jahre hatte ich als Stellvertretender Leiter des Kommissariats an der Arbeit dieses Gremiums teilgenommen, was ich wahrheitsgemäß in diesem Fragebogen offenbarte

Im Juni 1991 – bis dahin hatte ich jeden Monat meine vollen Bezüge überwiesen bekommen – teilte mir der Polizeipräsident mit, dass ich »wegen Systemnähe« der Berliner Polizei nicht mehr zumutbar wäre, weshalb ich entlassen sei. In der AG 0118 hätte ich darüber entschieden, ob jemand aus der DDR ausreisen dürfe oder nicht, deshalb hätte ich mich schuldig gemacht.

Ich nahm dies zur Kenntnis und fragte nur noch an, was ich mit einer Dienstwaffe machen solle, die ich noch immer bei mir daheim aufbewahrte. Für die Pistole hatte sich nie eine Dienststelle interessiert. Und wie ich von ehemaligen Kollegen hörte, war es ihnen ebenso ergangen. Sie hüteten ihre Makarow daheim in der Schrankwand oder in der Flurgarderobe.

Am Telefon hieß es nur lakonisch, ich solle die Waffe einschließlich der Munition in der Waffenkammer am Platz der Luftbrücke abliefern. Was ich dann auch tat.

Im Sommer 1998 schlenderte ich über den Alexanderplatz, der Himmel war blau und die Sonne schien. Ein Mann sprach mich an. Es war Oskar K., freundlich wie immer, das permanente Lächeln hatte mittlerweile Furchen in sein Gesicht gegraben. Er plauderte gleich auf mich ein. Er habe tatsächlich das Abitur gemacht, nicht mit Tricks, wie er versicherte, und ein Jurastudium begonnen. Inzwischen sei er als Rechtsanwaltsfachangestellter in einer Westberliner Kanzlei beschäftigt.

An die langen Titel hatte ich mich schon gewöhnt, nicht aber an deren Bedeutung.

Oskar K. lud mich zu einem Bier ein, was wir auch gemeinsam tranken. Ich fand das schon komisch. Aber wiederum auch nicht. Natürlich hatte ich ihn damals hinter Gitter gebracht, doch wir wurden dadurch nicht zu Feinden.

Vielleicht war Oskar K. eine Ausnahme, ein Mensch, der niemandem etwas nachtrug. Vielleicht hatte er sich gehäutet, war geläutert, hatte aus seinen Fehlern gelernt. Vielleicht aber war's doch nicht nur ein individueller Vorgang, sondern hatte etwas mit der Gesellschaft zu tun, aus der wir beide kamen. Irgendwie.

Martina

Es war Sonntagabend und die Luft lau. Ich hatte am Tage den Rasen gewässert und die Hecke im Garten geschnitten, nun streckte ich meine Beine entspannt von mir und zündete mir eine Zigarette an. Mein Konsum hatte sich durch die Wende nicht verändert, im Durchschnitt lag ich bei fünfzig Juwel pro Tag, nun rauchte ich HB. Der Husten am Morgen blieb der gleiche. Auch der Duft der freien Welt war Stacheldraht in meinen Lungen. Überhaupt hatte sich für mich persönlich nur wenig geändert. Ich war jetzt nicht mehr Genosse Oberstleutnant, sondern Herr Kriminaloberrat. Zwar hatte ich meine Uniform abgegeben, nicht aber meine Gesinnung. Bis zum August des Vorjahrs war ich Leiter der Kriminalpolizei in Berlin-Mitte und arbeitete in der Keibelstraße. Jetzt leitete ich das Dezernat II »Leben und Gesundheit« und saß in der vierten Etage des Hauses in der Hans-Beimler-Straße in eben jenem Gebäudekomplex unweit des Alexanderplatzes, der bis vor Kurzem noch dem Präsidium der Berliner Volkspolizei, der VP-Inspektion von Mitte, dem Revier 6 und der Untersuchungshaftanstalt Obdach gab. Ach ja, und eine Etage über uns saßen zwei, drei Mitarbeiter des Ministeriums für Staatssicherheit. Sie bildeten die Außen- und Verbindungsstelle zur Bezirksverwaltung und hatten als erste ihr Büro räumen müssen. Damals, im November '89.

Jetzt war Juni, und die Tage der DDR waren gezählt. Noch standen Datum und Prozedere der Beerdigung nicht fest. Erst einmal sollte das Westgeld kommen.

Die Selbstentleibung der Republik war mit dem blumigen Wortungetüm »Währungs-, Wirtschafts- und Sozialunion« umhüllt worden. Doch was war die Abgabe der Finanzhoheit an einen auswärtigen Staat – und etwas anderes war die Bundesrepublik nun mal nicht –, wenn nicht ein politischer Suizid? Im Kleinen wie im Großen galt: Wer das Geld gibt, bestimmt die Musik, die gespielt wird. Der Dirigent würde nach dem 1. Juli in Bonn sitzen, legalisiert durch eben jenen Staatsvertrag, das Orchester in Berlin musste nur noch so lange spielen, bis die vier Siegermächte der Vereinigung ihren Segen erteilt haben würden. Sollte schließlich völkerrechtlich alles korrekt zugehen und nach innen demokratisch aussehen.

Das Telefon schrillte laut auf dem Flur und stoppte meinen Gedankenfluss. Es läutete lauter als gemeinhin üblich, schien mir. Wahrscheinlich lag das aber nur an der Stille, die im Hause herrschte.

Die Strippe hatte nicht bis ins Schlafzimmer gereicht, weshalb der Klingelton auf maximal gestellt war. Selbst nachts, so hatte ich angewiesen, sollte mich in dringenden Fällen der diensthabende Offizier anrufen. Und an den Wochenenden schickte man einen Krad-Melder nach Märkisch-Buchholz. In meinem Garten gab es keinen Telefonanschluss. Bestimmte Verhaltensmuster verloren sich nicht mehr. Wie zu DDR-Zeiten wähnte ich mich noch immer 24 Stunden täglich im Dienst. Das hatte nichts mit Wichtigtuerei oder Ehrgeiz zu tun, sondern entsprach meiner Arbeitsethik. Verbrecher kannten keinen Schichtdienst, weshalb wir Kriminalisten? Aber lassen wir mal die Kirche im Dorf: Allzu oft wurde ich aus der Dienststelle nicht angerufen oder im Garten gestört.

»Ja doch«, rief ich genervt, als sei der Apparat ein quengelndes Kleinkind und hätte Ohren. »Ich komme ja schon.«

Meine Frau und die Kinder waren noch auf der Datsche geblieben, sie konnten nicht hören, wie ich den selbstverordneten Zwang vernehmbar verfluchte. Regina hatte sich in den dreizehn Ehejahren daran gewöhnt und kommentierte solche Reflexe wie auch andere meiner Marotten nicht mehr. Pädagogische Fähigkeiten waren ihr nicht abzusprechen. Schließlich arbeitete sie, Diplomökonomin von Hause aus, als Lehrausbilderin im VEB Goldpunkt. Sie wusste, woran man besser nicht rührte. Was man etwa beim Partner, also bei mir, tolerieren und nachsehen sollte.

Das schrille Schnarren sägte ins Gehör und verstummte erst, als ich den Hörer abnahm. Demonstrativ unwirsch nannte ich meinen Namen. Der Anrufer sollte schon beim ersten Wort merken, dass ich mich in meiner Sonntagabendruhe gestört fühlte, egal, ob es sich um ein privates oder um ein dienstliches Anliegen handelte, weshalb meine Nummer gewählt worden war.

Der Anruf kam aus der Dienststelle. Und der Offizier des Hauses (OdH) erfüllte nichts als seine preußische Pflicht. »Herr Romahn«, sagte der Anrufer mit emotionsloser Stimme, »es gibt eine Leiche«.

»Hm«, entgegnete ich, ohne dass mich die Nachricht sonderlich erregt hätte. Tote gehörten zu meinem Geschäft. Auch wenn meine diesbezügliche Statistik seit dem Fall der Mauer keine auffällige Bewegung erfahren hatte. Die Mortalitätsrate bewegte sich auf dem gewohnt niedrigen Niveau. Extreme Ausschläge gab es in der Statistik allein bei Eigentumsdelikten, bei Raub und anderen Straftaten. De facto war seit November '89 die DDR ein rechtsfreier Raum. Wer sich strafbar gemacht hatte, haute einfach ab in den Westen und war damit dem Zugriff der Ermittlungsorgane entzogen. Verantwortungslose Eltern ließen ihre Kinder zurück, Fahrer- und Fahnenflüchtige setzten sich aus Angst vor Verfolgung ab, Räuber passierten mit Diebesgut unbehelligt die Grenze, Ganoven verschwanden auf Nimmerwiedersehen und verloren sich in den Weiten der Welt. Die offene Grenze verstanden manche geradezu als Einladung zum Gesetzesbruch. Ossis wie Wessis gleichermaßen. Manche kamen nämlich nur zum Fischzug herüber. Und irgendwie färbte das auch auf den Westteil Berlins ab. Dort nahm die Zahl der Straftaten ebenfalls drastisch zu, wie mir dortige Kollegen besorgt verrieten.

Nur bei den Tötungsdelikten blieb, gottlob, die Rate bislang moderat niedrig. Ich nahm es als Indiz, dass die DDR-Gesellschaft wohl doch ein beachtliches Zivilisations- und Kulturniveau erreicht hatte. Womit sich auch erklärte, dass beim jetzt vollzogenen Machtwechsel nicht ein einziger Schuss gefallen und niemand zu Tode gekommen war. Anders etwa als in anderen Staaten, wo der Macht- oder Systemwechsel blutig verlaufen war. Da mochte etwas dran sein, wiewohl mir dieser Überlegenheitsgedanke schon aus Prinzip nicht gefiel. Mordmotive waren nicht an den Charakter einer Gesellschaft gebunden. Hass, Neid, Missgunst, Eifersucht, Rache und andere Instinkte existierten unter jeder Fahne, auch unter der roten. Warum sonst gab es mein Kommissariat oder Dezernat, wie es sich jetzt nannte?

»Wo?«, erkundigte ich mich.

»In Marzahn, Allee der Kosmonauten.« Der OdH nannte eine Hausnummer und die Etage. Die Kriminaltechniker seien bereits unterwegs, Staatsanwaltschaft und Gerichtsmedizin informiert.

»In Ordnung. Ich fahre hin«, sagte ich und legte auf. Ich warf noch einen prüfenden Blick in die Küche, was insofern überflüssig war, als ich seit meiner Rückkehr aus dem Garten außer der Kühlschranktür nichts bewegt hatte. Der Gasherd war kalt. Doch gegen die Gewohnheit kam ich nicht an. Rituale frästen sich im Laufe der Jahre ins Unterbewusstsein wie ein Gebirgsbach in den Fels. Die Rinne blieb gleichsam als genetischer Defekt für immer bestehen. Nicht minder automatisch langte ich nach dem Sakko an der Garderobe. Ich musste nicht prüfen, ob alles beieinander war. Linke Tasche – Autoschlüssel, rechte Tasche – Wohnungsschlüssel, linke Brusttasche – Dienstausweis, rechte Brusttasche – Papiere. Alles an seinem Platz. Alles hatte seine Ordnung und seine Struktur. Innen wie außen. Sonst herrschte Chaos im Leben wie auf Arbeit.

Vorm Haus stand der Dienstwagen. Ich schwang mich in den 353er Wartburg und startete. Der Wagen vor mir kam aus dem Westen, der hinter mir ebenfalls. Gebrauchte Möhren. Drüben hätte sich niemand für diese Schrotthaufen interessiert, doch die doofen Ossis freuten sich, für kleines Geld einen fahrbaren Untersatz bekommen zu haben. Gleich zum Mitnehmen und ohne Wartezeit. Welchen Ärger sie sich damit eingehandelt hatten, sollten sie schon bald merken, wenn TÜV und Reparaturen fällig werden würden. Ein altes Auto war nun mal ein altes Auto, selbst wenn es aus den ehemaligen Hermann-Göring-Werken in Wolfsburg kam oder aus den bayerischen Betrieben der Quandts, deren Reichtum auf der Ausbeutung von Zwangsarbeitern im Kriege und auf den Profiten aus der Hochrüstung fußte.

Ich fuhr die Naugarder Straße hinunter zur Greifswalder, durch die S-Bahn-Unterführung und vorbei am Ernst-Thälmann-Park. Die riesige Bronze war inzwischen durch Schmierereien hemmungslos verunstaltet. Es hatte nicht lange gedauert, da war aus Westberlin die Unsitte herübergeschwappt, Häuserwände und Freiflächen zu besprühen und zu bemalen. Diese Graffiti hatten wenig mit Kunst zu tun, es war mehrheitlich Dreck, Tags genannt, die Schriftzüge ließen sich kaum entziffern. Sie waren nicht mal politisch, denn die Farbe am Kopf des einstigen KPD-Führers hatte weder etwas mit dessen Überzeugung noch mit seiner Verklärung in der DDR zu tun. Vermutlich kannten die pubertierenden Hohlköpfe nicht einmal den Namen des Mannes, dem die hohle Bronzeplastik galt. Ich regte mich jedes Mal auf, wenn ich beim Vorüberfahren neue Farbkleckse und Initialen wahrnahm.

An der Kreuzung zur Dimitroffstraße stauten sich die Autos. Die Sonntagsausflügler und Datschenbesitzer kehrten in die Stadt zurück. Es vergingen einige Ampelphasen, ehe ich nach links ziehen konnte. Am SEZ bog ich in die Leninallee. Das Sport- und Erholungszentrum war erst vor wenigen Jahren von den Schweden gebaut und umgehend zum Publikumsmagnet geworden. Die Massen drängten wie gewöhnlich durch die weiten Eingänge, wieder, denn nach der Öffnung der Grenze waren alle erst einmal in die Blubs und Spaßbäder Westberlins geströmt, bis sie merkten, dass dort auf den Rutschen auch nur Wasser hinunterlief und der Eintritt ins Freizeitvergnügen erheblich teurer war als hier.

Links tauchte die Seelenbinder-Halle auf, dann ging's über die S-Bahnbrücke am Bahnhof Storkower Straße. Der Bahnhof lag zwar im Prenzlauer Berg, doch die Ausgänge mündeten im Friedrichshain und in Lichtenberg …

Nach einer reichlichen Viertelstunde erreichte ich das Ziel. Ich musste nicht lange nach der Hausnummer in der Allee der Kosmonauten suchen. Von Weitem schon sah ich die Polizeifahrzeuge vor einem der vielen Elfgeschosser aus den siebziger Jahren stehen. Ich fuhr auf den Bürgersteig, denn einen freien Platz konnte ich nirgendwo entdecken. Sofort eilte einer in grüner Uniform herbei.

»Sie können hier nicht parken«, fuhr er mich an.

Ich fingerte wortlos meinen Dienstausweis am Lederriemen aus meiner Jackentasche und hielt ihn dem Schutzpolizisten unter die Nase. Der fiel sofort in devote Untertanenstarre und entschuldigte sich.

Mein Gott, was gab es doch inzwischen für Hasenfüße unter den Kollegen, dachte ich. Alle fürchteten um ihren Arbeitsplatz, wenn denn – was ein offenes Geheimnis war – die West- und die Ostberliner Polizei miteinander fusionierten. Es herrschte allenthalben Fracksausen. Drüben gab es rund 20 000 Polizisten, in der DDR-Hauptstadt etwa 12 000. So viele würde man sich auf Dauer nicht leisten können. Das war ein generelles Problem der beiden Halbstädte: alles war doppelt. Theater, Betriebe, Rundfunk, Fernsehen, Wissenschaftseinrichtungen, Institutionen … Und dann 32 000 Mitarbeiter bei der Polizei? Niemals. Ich verstand die Ängste der Kollegen. Die Zukunft war ungewiss, über uns allen hing das Damoklesschwert der Ausmusterung. Drüben waren sie Beamte, also unkündbar.

»Ist schon in Ordnung«, beruhigte ich ihn und schritt dem Eingang entgegen. Einige Anwohner hielten sich auf Distanz und verfolgten in der Abenddämmerung neugierig, was geschah. Aber was geschah? Nichts. Ab und an liefen einige Menschen mit bedeutungsschweren Gesichtern vorbei und verschwanden wie ich im Haus. Ich wies mich an der Tür aus, der Zerberus sagte, der Tatort sei im vierten Stock.

»Neue oder alte Zählweise?«

Der Polizist grinste. Im Westen begannen die Etagen bei Null, in der DDR mit 1, das Erdgeschoss zählte mit. »Noch sind wir im Osten.«

Ich erkundigte mich nach dem Fahrstuhl und bekam die Richtung gewiesen. Ich hatte keinen Bock aufs Treppensteigen, und oben würde ich dann schnaufen wie ein Asthmatiker und Minuten brauchen, ehe sich der Puls wieder normalisiert hatte. Und das als ehemaliger Kampfschwimmer. Die Blöße mochte ich mir nicht geben.

Die Fahrstuhltür öffnete sich mit den üblichen Schleifgeräuschen. Ich drückte den Knopf, der Lift zog sanft in die Höhe. Keine Ahnung, was mich erwartete.

An der offenen Wohnungstür standen ein paar Schutzpolizisten, die miteinander tuschelten. Sie verstummten, als sie mich sahen. Ich grüßte wortlos, indem ich den Kopf leicht senkte.

Drinnen waren die Kriminaltechniker beschäftigt, aus dem einen Zimmer drang ab und an ein Lichtblitz und signalisierte, dass sich dort offenbar die Leiche befand.

Es handelte sich um die in den Plattenbauten typische Dreiraumwohnung oder wie es bald überall heißen würde: Dreizimmerwohnung. So die Westbezeichnung. Hoch lebe der feine sprachliche Unterschied. Wir waren ja auch kein Kollektiv mehr, sondern ein Team. Kapitalismus war abgeschafft, es gab nur noch die soziale Markwirtschaft. Und alle plapperten nach … Wohnzimmer, Schlafzimmer, Kinderzimmer, Küche mit Durchreiche, Flur und Bad, und mit einigem Glück ein Balkon. WBS 70:

Zweiundsiebzig Quadratmeter, zweimetersechzig hoch.

Kriminalhauptkommissar Ahlgrimm, bis vor Kurzem Hauptmann der K, lehnte am Türrahmen und straffte sich, als er mich sah. Uns verband nicht nur ein Arbeitsverhältnis, aber ich war sein Chef.

»Der Staatsanwalt und der Gerichtsmediziner sind noch nicht da«, sagte Rüdiger. »Sie müssten aber jeden Augenblick eintreffen.«

Ich nickte. Im Schlafzimmer sicherten die Männer von der KT die Spuren, sofern es solche gab.

»Wer hat die Tote gefunden?«

»Die Tochter.«

»Und wo ist diese jetzt?«

»Bei der Nachbarin.«

»Wie alt?«

»So um die zwölf, dreizehn Jahre.« Rüdiger Ahlgrimm machte eine Pause. »Sie hat auch bei der Nachbarin die 110 angerufen.«

»Das Mädchen?« Ich schaute ungläubig.

»Naja, vielleicht auch die Frau. Die Kleine war mit der Freundin unterwegs und hat ihre Mutter bei der Rückkehr gegen 20 Uhr so aufgefunden.« Ahlgrimm drehte den Kopf in Richtung des Bettes. Dort lag eine unbekleidete Frau auf dem Bauch. Das einzige, was sie am Körper trug, waren Schnüre, die kunstvoll um ihre Glieder und um den Hals geknotet waren. Die Unterschenkel waren nach hinten gezogen, die Fußsohlen berührten fast das Gesäß.

Die Fessel führte von den Beinen zu den auf dem Rücken gebundenen Armen und von dort zum Hals.

»Das dürfte sie wohl kaum allein gemacht haben«, meinte ich lakonisch, um überhaupt etwas zu sagen.

Ahlgrimm nickte. »Bondage.«

»Bondage?«

»Na, Fesselung zur sexuellen Stimulierung. Manche finden daran Vergnügen. Lust ohne Luft.« Er führte eine Hand zum Hals und drückte ihn ab.

Natürlich kannte ich diese bizarren Spielchen, ab und an hatte ich bei »Betriebsunfällen« ermitteln müssen. Um angeblich höchste Lust zu bekommen, hielten es manche zu lange unter der Plastiktüte aus oder ließen sich vom Partner zu fest strangulieren. Andere, vorzugsweise Männer, schoben sich etwas in den After. Schmerzen bis zum Orgasmus. Und eben darüber hinaus. Wie bescheuert konnte man sein. An der Schule in Aschersleben, das lag keine zehn Jahre zurück, war über solche bizarren Unfälle noch nicht gesprochen worden. Inzwischen hatte ich selbst schon wiederholt unnatürliche Todesfälle dieser Art untersuchen müssen, 1986 meinen ersten. Suizid beim Onanieren, hatten wir es damals genannt. Der Mann hatte sich eine Tüte über den Kopf gezogen, eine Schlinge um den Hals gelegt, damit am Türgriff eingehängt und sich bei knapper werdender Luft befriedigt. Exitus …

Das hier war dem Augenschein nach keine autoerotische Übung gewesen, da hatte ein Zweiter oder eine Zweite mit Hand angelegt. Entweder zu fest, weil gewünscht, oder weil ungeübt. Ein Amateur oder eine Dilettantin. Seit die Grenze offen war, drängten auch Beate Uhse und andere Sex-Anbieter auf den DDR-Markt und machten den Ostdeutschen weis, sie hätten bislang einiges im Bett verpasst, und verkauften ihnen den ganzen Zinnober: von Gleitgel bis Gummipuppen, Penisringe und Dildos, Lustkugeln, Vibratoren und anderen Tinnef. An jeder Ecke öffnete ein Sex-Shop. Das Flensburger Unternehmen hatte, wie die Chefin später stolz in jeder Talkshow erklärte, sechzehn Lkw gemietet, mit denen sie 600 000 ihrer Kataloge in der DDR verteilen ließ. Das »unkeusche Verhalten« der Ostdeutschen habe sie überrascht, sagte sie. »Während die Leute im Westen die gekauften Erotika schnell in der Tasche verschwinden ließen und nach Hause eilten, blieben die DDR-Bürger gleich am Lkw stehen, blätterten gemeinsam durch die Seiten mit Dessous, Sexspielzeugen und Aufklärungsbüchern. Dabei diskutierten sie amüsiert über ihre Lieblingsstücke. Insbesondere die Frauen waren in der DDR sehr selbstbewusst. Sie hatten in beruflichen und auch sexuellen Dingen ein anderes Standing als im Westen.« In der Tat, ihre Moral hatte keinen doppelten Boden wie die der bürgerlichen Gesellschaft.

Die vermeintlich sexuelle Entsagung, die ihm vierzig Jahre lang verordnet worden war, meinte nun mancher in der DDR rasch überwinden zu müssen und übernahm diesen ganzen albernen Fetisch- und Sadomasoquatsch aus dem Westen, welcher angeblich den höchsten Lustgewinn versprach. Dabei waren die Ostdeutschen gerade auch im Bett wesentlich aufgeschlossener und weniger verklemmt als ihre Landsleute, wie selbst Beate Uhse bemerkt hatte. Die ganze Ostseeküste war ein einziger FKK-Strand. Wobei das nun weniger mit sexueller Freizügigkeit, sondern mehr mit Selbstbewusstsein zu tun hatte.

»Wem's Spaß macht«, sagte ich zu Ali, dem Kollegen, »ich jedenfalls kann diesem Unsinn von den ›ausgelebten Fantasien‹ nichts abgewinnen. Leder, Latex, Peitsche ... da muss man doch was an der Dattel haben.«

Ahlgrimm grinste. »Sagst du. Jene, die sich am Bettpfosten festbinden oder sich eine Kerze in den Arsch schieben lassen, sehen das gewiss ganz bestimmt anders.«

Ich war dieses Disputs überdrüssig und ging zum Bett, um mir die Tote aus der Nähe anzuschauen. Die Kriminaltechniker nahmen mit stoischem Gleichmut die Fingerabdrücke auf, die sich überall im Schlafzimmer befanden, sichteten alles, was eventuell mit dem Tod der Frau in Verbindung stehen konnte. Viel schien es nicht zu geben. Es hatte weder ein Kampf stattgefunden noch war das Doppelbett auffällig zerwühlt.

Inzwischen war der Gerichtsmediziner eingetroffen. »Ums Sperma kümmere ich mich«, rief er bereits an der Tür.

Gäbe es denn welches, fragte ich zurück, nachdem ich ihn mit Handschlag begrüßt hatte.

Er lachte kurz auf. »Kann sein, muss nicht. Das weiß ich erst, wenn ich sie zur Obduktion auf den Tisch habe.«

Er ging elastisch in die Hocke und fasste der Toten an den Kopf. »Habt ihr alles fotografiert und im Kasten?«, erkundigte er sich bei den Kollegen von der KT.

Die Antwort bestand in einem vernehmlichen Grunzen, was man als Ja deuten konnte. Der Gerichtsmediziner, ein Mann in den Vierzigern, drehte das Gesicht der Toten in seine und meine Richtung, die Leichenstarre schien offenbar noch nicht eingetreten sein.

»Entweder ist sie vorher erdrosselt und dann verschnürt worden, um es als Sex-Unfall erscheinen zu lassen. Oder es war ein Sex-Unfall, das heißt, sie ist durch die Strangulation erstickt.« Genaueres könne er aber erst nach der Untersuchung in der Pathologie sagen, erklärte er geschäftsmäßig. »Naja, Pech gehabt.« In seinem Satz schwang ein Anflug von Bedauern mit.

Ich musterte das Gesicht der Toten und stutzte, es erinnerte mich an jemanden, den ich kannte. Vor Jahren hatte ich diese Frau gesehen.

»Wie war der Name?«, rief ich zur Tür. Ahlgrimm hatte sich nicht bewegt, seit ich in der Wohnung war. Wie festgewurzelt stand er am Rahmen. Während die anderen geschäftig hin und her eilten, selbst der inzwischen eingetroffene Staatsanwalt hatte sich von der Betriebsamkeit anstecken lassen, gab KHK Ahlgrimm den Fels in der Brandung. Sein Blick ruhte auf allem, insbesondere auf der nackten Toten.

»Martina Th.«, kam es von der Tür, »Anfang vierzig, zwei Töchter.«

Natürlich, das war Martina. Wieso hatte ich sie nicht gleich erkannt? So sehr hatte sie sich doch nicht verändert in den letzten zwei, drei Jahren, in denen wir uns nicht mehr gesehen hatten. Martina, Martina, dass du so enden musstest … Geschnürt wie ein Postpaket, versandbereit ins Jenseits. Verdammt, dachte ich, wobei das Mitleid sich mehr an meine eigene Adresse richtete. Mein Gedächtnis schien langsam nachzulassen.

Ich erhob mich. Die Knie knackten leicht. »Jungs, ich bin raus.«

Der Staatsanwalt und Ahlgrimm schauten erstaunt in meine Richtung.

»Wie? Was meinen Sie damit, Herr Romahn?« Der Staatsanwalt gab sich überrascht.

»Ich darf nicht ermitteln. Ich kannte diese Frau.«

Hinter der Stirn des Staatsanwalts sah ich förmlich die Gedanken fliegen. Ich spürte geradezu, wie seiner Fantasie Flügel wuchsen. Folgerichtig lautete seine nächste Frage: »Wie gut? Ich meine: Waren Sie mit ihr …« Er stockte mitten im Satz und sah mich vor seinem geistigen Auge wohl mit einem Seil hantieren.

»Intim?« Ich lachte gekünstelt mit unterdrückter Stimme. »Wie man's nimmt.« Dann verstummte ich. Warum sollte ich mich hier, neben Martinas Leichnam, offenbaren? Schon aus Gründen der Pietät sollte ich an diesem Ort besser schweigen.

»Sagen wir mal so: Ich bin persönlich Betroffener. Sie wissen selbst, Herr Staatsanwalt, dass ich unter diesen Umständen keine Ermittlungen führen, sie auch nicht leiten darf. Man könnte Befangenheit unterstellen. Ich will mir später nicht nachsagen lassen, die Ermittlungen einseitig geführt oder in die falsche Richtung gelenkt zu haben. Ich schlage daher vor, dass Kriminalhauptkommissar Ahlgrimm den Fall übernimmt.«

»Sie leiten das Dezernat, es steht Ihnen frei, wem Sie die Ermittlungen übertragen. Wir sehen uns morgen um neun Uhr in der Dienststelle«, sagte der Staatsanwalt und verabschiedete sich.

»Haben wir was Falsches gesagt oder gemacht?«, erkundige sich Ali besorgt angesichts des abrupten Abschieds. »Oder hast du ihn mit dem Hinweis auf deine Bekanntschaft« – er drehte den Kopf in Richtung Bett – »ein wenig irritiert?«

Ahlgrimm zeigte mir die Zähne.

Ich grinste zurück.

Daraufhin forderte mich Ali auf, ihm in die Küche zu folgen.

Durch den Flur rumpelten die Gerichtsmediziner mit der Trage. »Wo steht das Klavier?«, fragte der erste, der voranging und das gutmütige Gesicht eines Seehundes hatte. Der Eindruck war im Wesentlichen den langen Barthaaren geschuldet, die unter der Nase des Hünen wuchsen. Eigentlich hätte er mit diesem Aussehen und seinem breiten Kreuz jeden Rummel schmücken können, doch er hatte sich bei der Gerichtsmedizin in der Hannoverschen Straße beworben. Beim alten Prokop, wie er mir mal erzählte. Der Österreicher hatte den Lehrstuhl für Gerichtliche Medizin der Humboldt-Uni und damit die Leitung des ältesten Instituts seiner Art in Deutschland bereits in den fünfziger Jahren übernommen und erst vor drei Jahren abgegeben. Otto Prokop, der selbst im Obduktionssaal eine Fliege zu tragen pflegte, war eine international anerkannte Koryphäe und ein sympathischer Kauz, ich kannte ihn gut.

»Im Schlafzimmer«, sagte ich und zeigte mit dem Daumen über meine Schulter. »Aber vielleicht bekommst du es nicht in deine Kiste.«

»Was?«

»Das Klavier!«

Der Seehund blickte durch die Tür. »Das passt schon«, griente er und ging weiter. »Ist ja kein Konzertflügel.«

Wir setzten uns an den Küchentisch, nachdem Ahlgrimm die Tür hinter sich geschlossen hatte. Er zog nun ein ziemlich grimmiges Gesicht. »Sag mal: Hast du sie noch alle?«, hob er verärgert an. »Wie kannst du mir die Leitung des Falls übertragen? Wenn sich einer daran erinnert, was im vorigen Sommer passiert ist, dann reißen sie uns beiden den Kopf ab.« Rüdiger Ahlgrimm war erkennbar wütend, das war nicht gespielt.

Ich ahnte, was ihn derart in Rage gebracht hatte. Und wenn ich es recht bedachte, geschah es nicht ohne Grund. Daran hatte ich nun wirklich nicht gedacht. Aber spielte das jetzt, in diesem Interregnum, in welchem wir uns befanden, überhaupt noch eine Rolle? Das war doch Schnee vom letzten Jahr.

Ahlgrimm gehörte zu meiner Truppe, dem damaligen Kommissariat III, seine Dienststelle III/1-3 befand sich in unserem Hause. Diese Arbeitsgruppe ermittelte gegen Unbekannt, und war der Täter festgestellt, übernahm die III/1-4 und führte das Verfahren bis zur Anklageerhebung.

Die Kreisdienststelle des MfS unweit des Hausvogteiplatzes leitete Heinz Kunze, der mich damals, im Sommer '89, angerufen hatte. Ali säße mit zwei Karl-Marx-Städter Genossen in Zwickau in U-Haft, ihnen werde versuchte Republikflucht vorgeworfen. Ich kriegte fast einen Lachkrampf, als ich das hörte. Ali war der Treuesten einer, der würde nie sein Land verraten und von der Fahne gehen. Niemals! Er müsse sich verhört haben, antwortete ich Kunze, oder ich hätte ihn falsch verstanden. Doch der MfS-Major beharrte auf seiner Ansage. Irrtum ausgeschlossen, erklärte er apodiktisch. Die meinten das ernst.

Wer mit »die« gemeint waren, wussten wir beide.

Na schön, sagte ich, gib mir ein politisches Führungszeugnis, damit fahre ich nach Zwickau und hole ihn raus. Ich war so selbstbewusst anzunehmen, dass es klappen würde. Man müsste nur nassforsch auftreten.

Kunze fertigte so ein Papier aus, mit dem sich Ali selbst als Generalsekretär des ZK der SED hätte bewerben können. Auch der Parteisekretär unserer Grundorganisation hatte ein Schreiben aufgesetzt und seinen Stempel auf den Propusk gedrückt. Ich legte den Heiligenschein in meinen Aktenkoffer und fuhr mit dem Dienst-Wartburg in die Schumann-Stadt.

Der dortige Knast war vor der Jahrhundertwende als Königlich-Sächsisches Landgerichtsgefängnis errichtet worden und sah auch noch immer so aus. Viel war in den letzten Jahrzehnten an dem dreigeschossigen Kasten aus rotem Klinker nicht getan worden. Die 158 Zellen befanden sich im Wesentlichen in jenem Zustand, wie sie Ende 1899 übergeben worden waren. (Eine neue Justizvollzugsanstalt soll, wie ich später erfuhr, erst 2023 dieses Gefängnis ersetzen. Dann würde es der demokratischen Justiz fast so lange wie dem »Unrechtsregime« zuvor gedient haben.)

Ali berichtete mir eher belustigt denn klagend, wie er und die beiden Genossen in ihre aktuelle missliche Lage gekommen waren: Durch unerwartete Winde und eine besondere Thermik waren die begeisterten Segelflieger Richtung Hof abgetrieben worden. Mit Ach und Krach hatten sie schließlich die Flugzeuge wieder zurück über die Staatsgrenze steuern können und im Grenzstreifen hart aufsetzen müssen. Nach ihrer Bruchlandung stürmten DDR-Grenzer mit MPi im Anschlag auf sie zu und nahmen sie fest, ihre Erklärungen und die Dienstausweise der Volkspolizei interessierten nicht. Im Gegenteil: Die Grenzsoldaten behandelten ihre drei »Waffenbrüder« ziemlich rüde. Das wiederum provozierte Ali zum Kommentar, wenn er gewusst hätte, was ihn hier erwarte, wäre er vielleicht besser doch in Hof gelandet! Das war witzig gemeint, aber zwischen Streckmetallzaun und Minenfeld besaß man keinen Sinn für Ahlgrimms Humor, weshalb man die Bruchpiloten umgehend nach Zwickau überstellte.

Kurz und gut, mit meiner Überredungskunst und dem Papier von Kunze löste ich die drei Unglücksraben aus. Ich setzte die beiden Sachsen noch in Karl-Marx-Stadt ab, dann kehrte ich mit dem erleichterten Ali nach Berlin zurück. Die Sache blieb ohne Nachspiel, denn was konnte ein guter Genosse dafür, wenn der Wind sich drehte und sein Flugzeug in die falsche Richtung getrieben wurde? Dass ich ihn aber rausgehauen hatte, führte nicht nur zu subjektiver Dankbarkeit, sondern auch, nun ja, zu erhöhtem Ansehen des Kommissariatsleiters. Was sollte daran jetzt belastend sein?

»Mann, Ralf, man kann mir doch Befangenheit vorwerfen! Du wirfst den Bettel hin, weil du Betroffener bist – und machst einen zum Ermittler, der dir objektiv Dank schuldet. Ein Winkeladvokat könnte hinterher behaupten, du habest Druck auf mich ausgeübt oder ausüben können.« Wie zur Bekräftigung seiner Befürchtung schlug Ali mit der flachen Hand auf die Tischkante.

Ich winkte ab. Er höre das Gras wachsen, sagte ich, das interessiere doch keine Sau. Schon gar nicht hier und heute, wo ohnehin nichts mehr so laufe wie gewohnt. Inzwischen gehe doch alles den Bach runter, und das eigentlich schon seit Jahren. Oder ob er meine, dass er vor drei, vier Jahren nach einer solchen Bruchlandung im Grenzgebiet derart ungeschoren davongekommen wäre? »Da hättest du schon längst wieder Streife gehen müssen!«

Meine Gelassenheit war nicht gespielt, sie entsprach meiner Überzeugung. Trotz des erkennbaren Zerfalls der alten Strukturen war ich jedoch nicht der Auffassung, dass wir, die Polizei der DDR, nun selbst alles schleifen lassen sollten. Wir waren auf die noch immer gültige Verfassung vereidigt, wir waren die Ordnungsmacht des Staates und hatten geltendes Recht und Gesetz durchzusetzen, basta. Darum durfte ja auch ich nicht ermitteln, ich war Betroffener.

»Ali, wir ziehen die Sache durch. Du leitest den Fall.«

»Und was machst du?«

»Ich? Ich bin Zeuge.« Ich griente in Alis ein wenig ratlos wirkendes Gesicht. »Und wenn du magst, kann ich dich auch beraten. Heimlich. Nicht auf dem Dienstweg. Du verstehst.« Ich blinzelte ihm verschwörerisch zu. »Also: Was haben wir?«

Mein Übergang zur Tagesordnung erfolgte abrupt.

»Wenig«, sagte Ahlgrimm. »Die Zeugenbefragungen im Haus laufen noch.«

»Was ist mit dem Mann?«

»Welchem Mann?«

»Sie lebte mit einem zusammen, war vielleicht sogar mit ihm verheiratet.«

»Woher weißt du das?«

Ich drehte die Hände nach oben und lächelte ihn an. »Noch bin ich nicht in der Zeugenvernehmung.« Und um endgültig als Klugscheißer dazustehen, sagte ich: »Geh ins Bad und zähle die Zahnbürsten. Oder sieh nach, ob es einen Rasierpinsel gibt. Ein Blick in den Kleiderschrank wäre auch hilfreich.«

»Sie war also verheiratet«, entgegnete Ali ungerührt. »Sonst noch einen Tipp?«

»Er ist vermutlich bei der Bahn.«

»Wo? Als was?«

»Keine Ahnung. Frag mal bei der Reichsbahndirektion in der Frankfurter Allee nach. Über die Adresse wird er sich auffinden lassen, egal, wie er heißt.«

Nun klappte Ali sein Notizbuch auf und zückte den Kugelschreiber.

Am nächsten Morgen rief ich zu der planmäßigen Dienstberatung, zu der auch, wie angekündigt, der Staatsanwalt erschien. Das von mir geleitete Dezernat II »Leben und Gesundheit« in der vierten Etage des Polizeipräsidiums zählte etwa ein halbes Hundert Mitarbeiter. Das waren zwei Morduntersuchungskommissionen, noch immer MUK genannt, eine Arbeitsgruppe »Unnatürliche Todesfälle« sowie eine Branduntersuchungskommission mit dem Kürzel BUK. Hinzu kamen noch Kriminaltechniker und andere technische Kräfte einschließlich Sekretärinnen. Die Morgenrunde am Wochenbeginn diente der allgemeinen Information, was in der Woche zu erledigen sei. Im Besonderen aber ging es um die Instruktion der MUK, die unter Ahlgrimms Leitung den seit gestern anhängigen Fall untersuchen sollte. Dass es sich um ein Tötungsdelikt handelte, stand nach der inzwischen erfolgten Obduktion zweifelsfrei fest. Allerdings war unverändert offen, ob es sich um Mord – also um ein Verbrechen mit Vorsatz –

oder um fahrlässige Tötung handelte, also um einen Unfall. Das mussten erst die Ermittlungen ergeben.

»Fesselung mit Todesfolge«, sagte einer. »Sonst passieren solche ›Unfälle‹ doch eher bei autoerotischen Übungen. Da ist doch niemand zugegen, der die Fesseln oder die Knebel löst, wenn es eng wird. Was meinst du, Chef?«

Ich hob abwehrend die Hände und lehnte mich auf meinem Stuhl zurück. »Ich bin draußen, Kriminalhauptkommissar Ahlgrimm leitet die Ermittlungen.«

Einige kicherten.

»Nana«, sagte ich, »was immer ihr jetzt denkt: Es ist falsch.«

Nun nahm die Heiterkeit im Raum erst recht zu.

»Chef, du stehst doch nicht etwa auch auf die harte Tour?«

Ich lächelte sibyllinisch.

»Aha, also doch!«, meinte einer keck. »Wusste ich's doch. Im Dienst gibst du den Weichen, aber in der Freizeit brauchst du die Peitsche.« Alle lachten.

Ahlgrimm ging dazwischen. »Bis auf die Kollegen der MUK I können jetzt alle an ihren Schreibtisch zurückkehren und ihre Tagesaufgaben erledigen, vielen Dank.«

Die Füße schlurrten übers Linoleum, Stühle rückten. Zurück blieben der Staatsanwalt und etwa ein halbes Dutzend Kriminalisten: Ahlgrimm als Leiter, der Auswerter, drei Ermittler und zwei Vernehmer.

Ali klappte sein Notizbuch auf. Er hatte sich auf die Einsatzbesprechung gründlich vorbereitet, wie bald zu merken war. Logisch alle Schritte, klar strukturiert die Aufgaben und deren Verteilung. Der Erste Angriff war gut geplant, registrierte ich nicht ohne Genugtuung. In der Routine steckte die Erfahrung eines halben Berufslebens. Und die andere Hälfte …? Nicht darüber nachdenken, Romahn, sagte meine innere Stimme.

Mehrere Kollegen sollten die Bewohner des Hauses, soweit dies nicht schon am Vortag erfolgt war, gründlich befragen. Wer hatte Auffälliges gesehen oder gehört, gab es Hinweise, die bei den weiteren Ermittlungen nützlich werden könnten und so weiter. Auch wenn in diesen großen Mietshäusern inzwischen die Anonymität Einzug gehalten hatte, lebten in jedem Aufgang Menschen, die alles bemerkten, was auffällig war.

Sodann mussten Verwandte der Toten ausfindig gemacht und informiert werden, die ältere Tochter, der Lebenspartner. Da konnte die Nachbarin eventuell weiterhelfen. Schließlich: Wo arbeitete die Frau beziehungsweise wo hatte sie gearbeitet, wenn sie denn beschäftigungslos sein sollte. Verkehrte sie in der »Szene«? Gab es die bereits hier im Osten? Wer kannte sich da aus? Kamen die Seile vom Baumarkt oder aus dem »Fachhandel«?

Die Beweismittel am Tatort, etwa Fingerabdrücke, mussten abgeglichen und durch die einschlägigen Dateien gejagt werden. Fehlte etwas beim Inventar? Ein Raubmord war nicht auszuschließen. Es musste in alle Richtungen ermittelt werden.

»Können wir die Tochter befragen?«, erkundigte sich einer aus der Gruppe der Ermittler. »Wo hält sie sich überhaupt derzeit auf.«

»Bei der Flurnachbarin«, sagte Ali.

Die Frage, ob es einen Tatverdächtigen gebe, verneinte KHK Ahlgrimm. »Was wir mit Bestimmtheit wissen: Es war kein Einbruch, kein Überfall. Die Frau hat den Mann oder die Frau oder die Täter in die Wohnung gelassen. Sie kannten sich augenscheinlich. Wir haben auch keinerlei Spuren einer Auseinandersetzung gefunden.«

»Hatte die Frau ein Auto?«

»Interessante Frage, ist aber vielleicht im Moment unerheblich.«

»Wieso? Wenn sie ein Fahrzeug besaß und es ist weg, könnte es jemand gestohlen haben.«

»Hätte der Hund nicht geschissen, hätte er den Hasen gekriegt …«, krähte einer aus der Runde.

»Warum«, meldete sich Ahlgrimm wieder, »warum sollten wir nicht auch diese Frage stellen? Mal angenommen, der oder die Täter hätten sich auf diese Weise verdrückt: schön blöd. Mit dem Kfz.-Kennzeichen findet man jedes Auto rasch.«

»Schon vergessen: Die Grenze ist auf. Bis Helmstedt sind es weniger als zweihundert Kilometer. Zwei, drei Stunden Autobahn, und aus die Maus.

Die Insassen würden wir nie kriegen. Oder gibt es inzwischen ein Rechtshilfeabkommen zwischen der DDR und der BRD, wovon ich nichts weiß?«

Ahlgrimm blickte nachdenklich. »Vielleicht sollten wir die Autofrage und eine damit mögliche Flucht nicht ganz so hoch hängen. Suchen wir erst einmal den Lebensgefährten. So es einen gibt. Der gehört für mich zu den Verdächtigen. Er soll dem Vernehmen nach bei der Bahn arbeiten, als Lokführer oder so etwas Ähnliches.« Ali warf mir einen verstohlenen Blick zu. »Heinrich«, er wies auf einen kahlköpfigen Kriminalisten, der bislang geschwiegen hatte, »du fährst zur Reichsbahndirektion in der Frankfurter Allee und fragst in der Kaderabteilung …«

»Das heißt jetzt Personalabteilung, Herr Kriminalhauptkommissar.« Die Runde kicherte.

»Du erkundigst dich also dort nach einem Herrn Th., und wenn es den nicht geben sollte, versuchst du es über die Adresse Allee der Kosmonauten. Das wird sich doch herauskriegen lassen, mit wem die Frau gelebt hat. Unabhängig davon kannst du auch übers Zentrale Einwohnermelderegister gehen.«

Ich schwieg, obgleich ich an dieser Stelle hätte einwerfen können, dass Klaus Th. 1985 nach einem Hirnschlag verstorben war. Einen Th. dürfte man in der Personalabteilung der Deutschen Reichsbahn kaum führen. Bis zu seinem Tod hatte Klaus wie seine Frau Martina als Lehrausbilder im VEB Backwarenkombinat gearbeitet. Bako lag gleich um die Ecke, an der Prenzlauer Allee, hinterm Institut für Marxismus-Leninismus und dem Zentralen Parteiarchiv. Auf traditionsreichem Gelände wurden dort die Schrippen für die gesamte Hauptstadt gebacken – sah man einmal von den Privatbäckereien ab, die überall in den Kiezen begehrte kleine, aber schmackhafte Brötchen buken. Nicht so aufgeplusterte, aus standardisierten Backmischungen in Umluftbacköfen zubereitete, sondern in ordentlichen Schamotteöfen wie seit hundert Jahren gebackene. Kross und knusprig. An der Schrippe bemerkten wir als erstes den sich andeutenden kulturellen Umbruch, gefolgt von der Wurst. Das Versprechen auf der bunten Umhüllung wurde vom faden Inhalt nie eingelöst, zumal die Wurstscheiben die Stärke von Briefmarken aufwiesen und schon darum kaum Geschmack besitzen konnten.

Vor dem Krieg arbeiteten in jenem Komplex etwa viertausend Menschen bei Aschinger: Sie belieferten die Eckkneipen und Stehbierhallen Berlins mit Erbsensuppe und Schrippen. Aschinger war damals Europas größter Gastronomiebetrieb und, wenn man so will, die erste Fastfood-Kette des Kontinents. Und nun war VEB Bako dort und bildete auch Lehrlinge aus. Bis Mitte der achtziger Jahre auch unter dem Lehrausbilder Klaus Th., einem sympathischen, freundlichen Zeitgenossen, bis ihn der Hirnschlag dahinraffte. Aber besser so denn als hilfloses, pflegebedürftiges Wrack im Rollstuhl enden, dachte ich damals und sah keinen Grund, von dieser Auffassung abzurücken. Lieber ein rasches Ende statt eines langen Siechtums.

Mein Wissen über Th. behielt ich für mich. Ich war erklärtermaßen »draußen«. Meine Kollegen würden schon allein herausfinden, dass es unter den Viertelmillion Eisenbahnern der DDR keinen Klaus Th. gab. Noch nie gegeben hatte. Wobei es auch nicht sicher war, ob Martina mit dem Mann, den sie mir damals als ihren Neuen vorgestellt hatte und der angeblich bei der Bahn war, noch immer Tisch und Bett teilte. Vielleicht war der längst auf und davon. Wundern tät's mich nicht. Ich hatte ihn damals, es muss so um 1987 gewesen sein, nur flüchtig kennengelernt. Er war mir vom ersten Augenblick an unsympathisch. Das kennt man ja: Man begegnet Menschen, und ehe man ein Wort mit ihnen wechselte, spürte man sofort die innere Ablehnung. Bioströme, hieß es, seien daran schuld, irgendwelche Kraftfelder. Keine Ahnung, ob es sich so verhielt. Fakt aber war, dass ich diesen aufgeblasenen Typen nicht mochte. Er spreizte sich in seinem Lokführer-Dunkelblau damit, dass er auf einem Interzonenzug auf dem Führerstand stünde. So nannte die Reichsbahn seit 1946 jene Züge, die die Demarkationslinie zwischen Ost und West passierten. Auch als die Zonen zu Staaten wurden, behielten sowohl Reichsbahn als auch Bundesbahn diese Bezeichnung bei. Alternierend und umgangssprachlich hießen diese in die Bundesrepublik rollenden Züge »Mumienexpress«. Die meisten Reisenden waren nämlich Rentner. Es fuhren überdies mehr DDR-Bürger in die Bundesrepublik als umgekehrt. Das Gros der Westdeutschen kam zu Verwandtenbesuchen mit dem Auto in die DDR. Man musste zeigen, was man hatte. Und oft waren es nur Mietwagen, um ein wenig anzugeben. Die neidischen Blicke der Ostdeutschen entschädigten und waren die Investition wert.

Martinas Neuer, der Lokführer, dampfte also gemäß Fahrplan regelmäßig in den Westen. Na und? Offenkundig meinte er dafür von uns bewundert werden zu müssen, weil das nicht jeder durfte. Ich als Staatsdiener schon gar nicht. Doch ich versagte ihm den Beifall.

Wir haben uns auch nie wieder getroffen.

Ali schaute wieder in sein Notizbuch. »Ich nehme mir noch mal die Wohnung vor. Vielleicht finde ich Hinweise auf Verwandte und Freunde, Kontaktadressen von Kollegen. Eventuell war Martina Th. in einem Sportverein oder dergleichen.«

Einer der Vernehmer prustete los. »Womöglich in einem Sadomaso-Studio.«

Die anderen krakeelten. »So wat jibt es bei uns doch janicht«, rief einer mit lachendem Gesicht, als hätte er einen besonders guten Witz gerissen. Inzwischen wusste doch jeder von uns, dass es in der DDR-Hauptstadt nichts gab, was es nicht gab. Nutten und heimliche Puffs in irgendwelchen Hinterzimmern wie auch illegale Casinos und Stricher, private Fetischparties und Swingerclubs. Nur die Drogenszene blieb klein, weil die DDR-Alu-Chips für die Westberliner Dealer uninteressant waren, obwohl inzwischen auch reichlich Westgeld umlief. Es gab stadtbekannte Kneipen, wo man »bunte Scheine« kaufen konnte. Hühner-Gustl in der Grüneberger Straße in Friedrichshain beispielsweise war nicht nur berühmt wegen seiner Broiler und wegen des Eisbeins. Damit war er zum Millionär geworden, der sich eine Oldtimersammlung leistete, welche er als Requisite an die DEFA auslieh und damit noch reicher wurde. »Sauf dich voll und friss dich dick, doch halt dein Maul zur Politik!«, lautete sein Wahlspruch, der überm Tresen hing. Wenn man aber sein Maul aufmachte und nach Westgeld fragte, was ja auch eine politische Frage war, hatte er nichts dagegen einzuwenden.

Doch »bunte Scheine« gaben jene, die bei ihm oder bei der Oma tauschten, selten für Gras oder härtere Sachen aus.

Hühner-Gustl alias August K. war schon ein Filou. Friede seiner Asche: Kurz nach dem Mauerfall fuhr er nach Frankfurt am Main, dann fiel er um und war tot. Er hatte den Westen gesehen, vielleicht hatte ihm das gereicht. Ich las in der *Berliner Zeitung* von seinem Abgang.

»Und wir sehen uns morgen neun Uhr zur Arbeitsbesprechung wieder. Alle.« Ali beugte sich zu mir herüber. »Du kommst mit mir nach Marzahn.«

Ich schüttelte genervt den Kopf. »Vergiss es.«

»Soll ich dich vielleicht förmlich als Zeugen vorladen und vernehmen?«

»Warum nicht.«

»Womit soll ich das begründen.«

»Ich kannte die Tote persönlich.«

»Damit gerätst du in falsches Licht.«

»Warum?«

»Nun stell dich mal nicht naiver dar, als du bist.« Alis Stimme nahm an Lautstärke zu. Die letzten Kollegen hatten inzwischen den Raum verlassen, darum kannte er keine Zurückhaltung mehr. Die Zornesadern an seinen Schläfen waren merklich angeschwollen. Nicht zum ersten Mal beobachtete ich bei ihm einen cholerischen Anfall. Seine Neigung, überhitzt auf Dinge zu reagieren, die ihm missfielen, hatte letztlich seinen weiteren Aufstieg verhindert. Er war ein exzellenter Kriminalist, aber mit diesem charakterlichen Defizit ein ziemlich schlechter Leiter. Das war von den Vorgesetzten, die seine Beurteilungen schrieben, ziemlich früh erkannt worden. Als Chef brauchte man sowohl Durchsetzungsvermögen als auch Toleranz, man musste im Kollektiv Konflikte ausgleichen und nicht zuspitzen, die Kollegen herausfordern, aber nicht überfordern, jeden ernst nehmen und niemanden bevorzugen.

Und wenn man einen nicht mochte, durfte man es ihn nicht spüren lassen. Ali konnte das alles nicht. Er war direkt und unverstellt, wer ihm nicht passte, dem sagte er es auch ins Gesicht. So machst du dir keine Freunde, sagte ich ihm einmal, weil er mein Freund war. Und Freunden sagte man bekanntlich auch unangenehme Wahrheiten – eben weil man ihnen zugetan war. Bei Gleichgültigkeit wandte man allenfalls indigniert den Kopf. Ich will aber nicht jedermanns Freund sein, hielt Ali damals dagegen und zitierte den verblichenen Franz Josef Strauß: »Ich bin nicht der Meinung, dass man, um everybodys Darling zu werden, everybody's Arschloch werden muss.«

Er müsse sich nicht zum Arschloch machen und jedem Unterstellten zu Munde reden, hatte ich darauf reagiert, er solle nur jedem das Gefühl angemessener Beachtung geben und nicht aus der Haut fahren, wenn ihm etwas gegen den Strich gehe. Vergebliche Liebesmüh. Ali bewies mit seinem Verhalten bis zum heutigen Tage die These, dass sich Menschen selten oder im Alter nie mehr änderten, spätestens ab dreißig war jeder für sein Gesicht allein verantwortlich, da war jegliche Pädagogik verabschiedet.

Auf Ahlgrimms Ausbruch reagierte ich gelassen. »Lade mich vor. Ich werde dich jedenfalls nicht in die Allee der Kosmonauten begleiten.«

»Feigling«, zischte Ali und erhob sich.

»Das hat weniger mit Feigheit als mit unseren Vorschriften zu tun. Die galten unter Honecker, die galten unter Modrow, die gelten unter de Maizière.« Auch ich schraubte mich in die Höhe. »Sag Bescheid, wenn du mich zur Klärung eines Sachverhalts zu sehen wünscht.«

Gegen achtzehn Uhr schloss ich mein Büro und machte mich auf den Heimweg. Regina hatte wie gewöhnlich mit dem Abendbrot gewartet und verhielt sich wie immer: ausgeglichen, gelassen, souverän. Doch hinter der Fassade aus Gelassenheit und Freundlichkeit brodelte es spürbar, ich fühlte es. Ich öffnete meine Flasche Berliner Pilsner, goss ein und stach ins Wespennest. »Na, Schatz, was gibt es?«

Regina kochte sofort über. Es sehe so aus, dass Goldpunkt nun doch den Betriebskindergarten bis zum 30. Juni schließe, brach es wütend aus ihr heraus, als sie auf dem Küchenstuhl Platz nahm.

»Hattest du nicht gesagt, dass sich im April der Betrieb und der Rat des Stadtbezirks über die Fortführung verständigt hatten?

»Hatten sie. Aber es ist doch wie überall: Kindereinrichtungen gelten heute als Ballast in der Bilanz. Und was machen die Betriebe? Sie rufen nach steuerlicher Entlastung! Diese Reflexe haben wir uns ziemlich schnell vom Westen abgeschaut.« Regina bohrte das Messer in die Butter, als trüge diese Schuld an der Entwicklung.

Ich hob die Schultern. »Naja, mit Kindergärten oder Ferienheimen lässt sich kein Geld verdienen, die kosten nur welches. Das ist im Kapitalismus nun mal so. Das heißt ja nicht, dass ich das gutheiße«, schob ich nach, weil mich Reginas zorniger Blick traf.

»Allein in Berlin wollen oder müssen 115 Betriebe ihre Kindergärten schließen«, sagte sie entrüstet.

»Bevor sie selber dichtmachen müssen. Das ist doch so sicher wie das Amen in der Kirche. Wenn am 1. Juli die D-Mark kommt, kaufen alle den Plunder aus dem Westen und die DDR-Produkte bleiben liegen. Eure Damenschuhe inklusive.«

»Daran will ich gar nicht denken.«

Regina langte nach meinem Glas, obwohl sie sonst kein Bier trank.

Sie schwieg, ich auch.

Dann hob sie wieder an.

»Die Betriebe haben sich an den Oberbürgermeister und die Volkskammer gewandt und um eine ›gleichmäßige Verteilung der Lasten‹ nachgesucht. Kindergärten als ›Last‹. So weit sind wir nun schon.«

Ich winkte ab. »Das solltest du doch als Diplomökonom wissen: Kinder kosten.«

»Na und? Bis vor Kurzen nannten wir das eine Investition in die Zukunft. Das war eben nicht nur eine wirtschaftliche Kennziffer und unterschied uns von denen. Schon vergessen?«

Ich lachte ein wenig gequält. Es gab so viele Unterschiede. Doch wir wurden ihnen schon seit geraumer Zeit immer ähnlicher. Nun aber sollten wir bald ganz wie sie sein.

»Die Betriebe haben auf eine ›Lücke‹ in einem Gesetz hingewiesen, das noch die Modrow-Regierung beschlossen hatte. Demzufolge könnten Betriebe Zuwendungen für Kultur und Sport von der Steuer absetzen. Dies sollte, so baten sie nun untertänigst die Obrigkeit, auch für Betriebskindereinrichtungen gelten.« Regina schnaufte.

Ich schüttelte den Kopf. »Das bringt doch nichts.« Technokratische Krümelkackerei ging mir schon aus Prinzip auf den Keks. Da konnte man die Anträge mit noch so vielen ideologischen Girlanden umhüllen: Man dürfe im Interesse der Kindern und Eltern die sozialen Leistungen, die in der DDR hart erarbeitet wurden, nicht aufgeben und dergleichen Gedöns mehr.

Ich kannte dieses Untertanen-Gebrabbel aus der Zeitung. Dabei beriefen sich die Bittsteller sogar auf die Bundestagspräsidentin Rita Süssmuth (CDU), die unlängst in einem Interview die DDR-Frauen aufgefordert hatte: »Lauft Sturm dagegen, dass ihr als erste die Arbeit verliert, die Kindereinrichtungen und andere gute Lösungen für euch und eure Kinder reduziert oder gar abgeschafft werden!« Solche Appelle aus dem Westen waren doch wohlfeil und blieben ohne jegliche Konsequenz. Unklar zudem, ob sie tatsächlicher Überzeugung entsprangen oder nur dazu dienten, den ostdeutschen Lämmern beim Gang zur Schlachtbank ein wenig die Furcht zu nehmen.

Es sei wie damals bei der separaten Währungsreform im Westen, als sie 1948 drüben die D-Mark einführten, setzte Regina nach einer Pause wieder an. Die Händler horteten vorher die Waren, weil sie auf die neue Währung warteten – und als diese dann kam, stellten sie alles in die Geschäfte. Für die Regierungspropaganda erzeugten sie das Bild, dass es mit der D-Mark sichtbar voran und aufwärts gehe. Was für ein Selbstbetrug. »Augenblicklich ist es bei uns nicht anders. Der Großhandel nimmt uns nichts mehr ab, und der Einzelhandel kauft nicht mehr beim Großhandel. Sie leeren ihre Lager und warten auf das ›goldene Zeitalter‹ nach der Währungsunion. Schon im letzten Monat saß der Berliner Großhandelsbetrieb Schuhe/Lederwaren auf unverkäuflichen Beständen im Volumen von 80 Millionen Mark. Fürs zweite Halbjahr wurden vom Einzelhandel sämtliche Bestellungen storniert. Bei Textilien das Gleiche. Die Lager sind übervoll, die Großhändler sitzen auf unverkäuflichen Waren im Wert von fast 150 Millionen Mark. Jeder Hersteller versucht nun sich selbst zu retten.«

Regina durchtoste heiliger Zorn. Einmal in Fahrt kennt sie kein Halten. Unlängst sei sie im »exquisit« gewesen. »Da verschleudern sie die Klamotten mit Nachlässen von 50 bis 85 Prozent. Gehst du ins Kinderkaufhaus am Strausberger Platz, zahlst du für eine Kinderhose inzwischen mehr als für ein exklusives Damenkleid im ›exquisit‹. Das ist ein absolutes Preischaos. Und was machen wir als Goldpunkt: Wir bieten wie im Mittelalter an Verkaufsständen auf dem Alex unsere Schuhe an, weil der Großhandel sie uns nicht mehr abnimmt. 15 Millionen Verlust im ersten Halbjahr. Ach, das sieht alles richtig schlimm aus …« Und damit meinte sie offenkundig auch die Zukunft der etwa 1300 Goldpunkt-Werktätigen.

Ich schmierte mir schweigend eine Stulle und langte nach der Leberwurst, als nach einem tiefen Seufzer Regina, das Thema wechselnd, sich erkundigte: »Und, bei dir? Was gibt es an der Kriminalisten-Front Neues? Den übliche Ärger?«

Die Frage war berechtigt, wir hatten uns gestern Abend nicht gesehen, Regina war mit der Tochter erst am Morgen zur Schicht aus dem Garten gekommen.

Ich schob mir das Brot zwischen die Zähne und kaute. »Wie man's nimmt«, knödelte ich mit vollem Mund. Irgendetwas ließ mich zögern, Regina den Anlass meines gestrigen Einsatzes mitzuteilen. Schließlich war es unsere gemeinsame Bekannte, die ich nackt und tot auf ihrem Bett hatte liegen sehen. Warum eigentlich zögerte ich?

»Wir haben ein Tötungsdelikt«, hob ich irgendwann an, nachdem ich den Mund geleert hatte. »Eine Frau. Wir wissen nicht, ob es ein Mord oder ein Unfall gewesen ist.«

»Unfall? Arbeitsunfall oder Verkehrsunfall?« Reginas Neugier schien sichtlich geweckt. Wobei es eigentlich nicht üblich war, dass wir bei Tische über Verbrechen und Ermittlungen redeten. Ich hatte zwar kein Schweigegelübde abgegeben, doch wir beide vermieden es, über unsere Arbeit zu sprechen. Zumindest nicht beim Essen. Schon gar nicht, wenn unsere Tochter dabei war. Diese war, wie Regina sagte, mit einer Freundin unterwegs, weshalb wir nicht mit dem Abendbrot gewartet hatten.

In dem Maße, wie die gesellschaftlichen Veränderungen in unser Leben eingriffen, gleichsam in unsere Poren eindrangen und zunehmend alle Empfindungen steuerten, fiel auch diese Zurückhaltung am Küchentisch. Die Grenzen des Anstands und der Menschlichkeit begannen langsam zu schwinden. Die Ellenbogengesellschaft warf merklich ihre Schatten voraus, ich spürte es. Und auf den Straße sah man es. Vor wenigen Tagen hatte es im ganzen Land während des Pfingstfestes 740 größere Verkehrsunfälle mit 31 Toten und mehreren Hundert Verletzten gegeben. Wenn das kein Indiz für die wachsende Rücksichtslosigkeit war.

»So eine Art Verkehrsunfall«, antwortete ich.

»Eine Art? Was meinst du damit? Auto, Straßenbahn, Motorrad?« Regina erkundigte sich wie beiläufig und zerlegte eine Tomate, die nach Tomate roch. Das Aroma wehte über den Abendbrottisch bis in meine Nase.

»Nichts von alledem. Es passierte im Schlafzimmer.«

Reginas Blick löste sich abrupt vom Paradeiser auf ihrem Brettchen. »Wie bitte?«

»Naja, ist im Bett passiert.«

»Ist nicht dein Ernst? Wie ist denn so was möglich? Ich weiß, dass manche Männer beim Verkehr einen Herzinfarkt kriegen und im Bett dahingerafft werden, hört man ja hin und wieder. Aber Frauen? Wir sind doch gemeinhin härter im Nehmen als ihr Weicheier.«

Regina zeigte ihre Zähne wie stets, wenn sie sich amüsierte, schloss aber sofort wieder ihren Mund. »'tschuldige, war etwas pietätlos. Man macht keine Scherze über Tote.«

Hm, grummelte ich und aß weiter, wohl wissend, dass damit das Thema keineswegs durch war. Ich sollte mich nicht getäuscht haben.

»Kannst du konkreter werden, oder handelt es sich um ein Dienstgeheimnis.«

Frauen waren eben doch neugieriger als Männer.

»Sie lag gefesselt im Bett.«

Regina hatte offenkundig eine größere Fantasie als ich. »Bondage?«

»So heißt das wohl.«

»Ich denke, die hören auf zu strangulieren, wenn dem Partner die Luft ausgeht?«

»In diesem Falle wohl nicht. Vermuten wir. Ist natürlich auch denkbar, dass der oder die Täter es darauf angelegt hatten, es wie einen Sex-Unfall aussehen zu lassen.«

»Daraus schließe ich, dass es noch keine Tatverdächtigen gibt.«

»Du schließt richtig.« Ich erhob mich und ging zum Kühlschrank. Der stand auf dem Boden, wie seinerzeit üblich. Ich beugte mich nach vorn, um die Tür zu öffnen, und langte nach einer Flasche Bier. Dann nahm ich wieder Platz. Der Kronkorken flog über den Tisch, es zischte. Ich goss ein. Die Blume fiel in wenigen Sekunden zusammen. Sie kriegten es einfach nicht hin, ein ordentliches Bier zu brauen, bei dem der Schaum eine Weile im Glase stand. In der Kneipe vertrocknete die Blume bereits auf dem Weg vom Schankhahn zum Tisch. Dafür kostete das gezapfte Helle auch nur vierzig Pfennig. Naja. Ich nahm einen kräftigen Schluck.

Regina beobachtete mich die ganze Zeit. Sie merkte, dass ich nicht über den Fall reden wollte und stellte auch keine weiteren Fragen mehr. Genug war genug.

Sie langte nach der Tageszeitung. Blätterte, las sich fest. »Die Fachleute schätzen den Wert des gesamten DDR-Volksvermögens auf fast eine Billion Mark«, sagte sie, »macht pro Nase 62 500 Mark«.

»West- oder Ost-Mark«, fragte ich.

»DDR-Mark natürlich.«

»Und wann bekommen wir die ausgezahlt? Wenn der Westen den ganzen Laden übernimmt?«

Regina grinste. Die Aussagen dazu seien im Staatsvertrag sehr vage formuliert. Das regele alles die Treuhand, die privatisiere. Mit dem Erlös aus den Betriebsverkäufen werde der DDR-Staatshaushalt saniert und die Strukturanpassung der Wirtschaft finanziert, las Regina vor und konnte aus ihrem Vortrag den zynischen Unterton kaum verbannen. »Alles spricht dafür, dass, um Geld in die Kassen zu bekommen, die rentablen Unternehmen meistbietend an Interessenten verscherbelt werden. Jeder kann sich ausrechnen«, zitierte sie nun wörtlich, »welche Chancen dabei DDR-Sparer gegen kapitalkräftige BRD-Konzerne haben, die schon seit Monaten darauf warten, dass ihnen die überreifen Früchte in den Schoß fallen. Die Betriebe, die nicht überlebensfähig sind und für die sich kein Käufer findet, müsse man einfach ›krachen lassen‹, erklärte Minister Reichenbach am 7. Juni in einem Interview mit der ›Welt‹.«

»Wer ist Reichenbach?«

»Bis zu seiner Berufung als Minister Vorsitzender des CDU-Landesverbandes Sachsen und Direktor des VEB Feinstrickwaren ›Goldfasan‹ Burgstädt.« Als müsse sie sich für ihr Wissen entschuldigen, sagte Regina: »Ich habe mir das nur wegen des Betriebsnamens gemerkt. Goldfasan und Goldpunkt klingen so ähnlich.« Sie lachte.

»Die Veruntreuung von Volksvermögen, und sei's nur ein Sack Zement, ist nach den gültigen Gesetzen noch immer strafbar – mein Job ist es, diese Diebe zu ermitteln. Aber nur weil es jetzt in großem Stil erfolgt, soll es rechtens sein?« Ich schüttelte den Kopf. Wo waren wir nur hingeraten?

»Sie verarschen uns nach Strich und Faden. Hast du diese unsägliche Pressekonferenz mitbekommen, die sie unlängst im Amtssitz des Ministerpräsidenten gegeben haben? Angekündigt waren Statements von Lothar de Maizière und BRD-Kanzleramtsminister Rudulf Seiters. Statt dieser beiden war der wegen Steuerhinterziehung verurteilte FDP-Vorsitzende Otto Graf Lambsdorff vor die Mikrofone getreten und hatte lakonisch erklärt, es sei ein informelles Gespräch zum Staatsvertrag geführt worden. Mehr nicht. Die internationale Presse konnte nach siebzehn Sekunden ihre Mikrofone und Kameras wieder einpacken.«

Regina vermochte es, noch immer einen Punkt draufzusetzen. »Dazu passte es, dass US-Präsident Bush dem DDR-Regierungschef in Washington großzügige zehn Minuten für ein Unter-vier-Augen-Gespräch eingeräumt hat, damit der dann inmitten von Lärm und Verkehr unter freiem Himmel in einer improvisierten Pressekonferenz erklären konnte, die Gespräche im Weißen Haus hätten in ›außerordentlich aufgeschlossener und herzlicher Atmosphäre‹ stattgefunden. Der Präsident sei ›außerordentlich interessiert gewesen zu hören‹, wie sich die Lage in der DDR entwickele. – Dass ich nicht kichere. Den interessiert das einen feuchten Kehricht, wie hier ein ganzes Land den Bach runtergeht.«

Der Morgen glänzte blau, ein angenehmer Frühsommertag zog herauf. Die Luft besaß eine frühe Frische, ohne als kühl empfunden zu werden. Das entspannte und stimmte mich heiter wie die meisten Menschen, die mir auf der Straße begegneten. Alles wird gut, lautete die Botschaft der Wettermacher, egal, wer dafür Verantwortung trug: Petrus oder das Azorenhoch. Als Atheist schob ich natürlich der atlantischen Wetterküche die Schuld in die Schuhe. Wer war Petrus? Die milde Morgentemperatur lud mich zum Spaziergang ein. Ich beschloss, das Auto stehen zu lassen, und schlenderte vor zur Greifswalder Straße, um die Straßenbahn zu nehmen. Noch vor Jahresfrist stockte in dieser Morgenstunde der Verkehr auf der Protokollstrecke. Erst wenn die Politbüro-Volvos und Honecker mit seinem Citroën durchgebrettert waren, gingen die Ampeln wieder an. Tempi passati, das war Geschichte und die Waldsiedlung bei Bernau aufgelöst. Die zwangsrekrutierten Mieter der Siedlung aus den fünfziger Jahren – von einem ihrer Bewohner als »Ghetto« bezeichnet – hatten dieses längst verlassen, was mit dem Areal werden würde, stand noch in den Sternen. Die Straßenbahn kam, sie war mäßig besetzt. Was Wunder, jeden Tag kam es zu Entlassungen, so viele Arbeitsstellen gab es in Mitte nicht mehr, ein

Großteil der Einrichtungen und Institutionen befand sich in der Abwicklung. Meine Dienststelle an der Keibelstraße erschien wie das Auge des Taifuns, dort wurde nichts durcheinandergewirbelt. Die Polizei war anscheinend ein Ort der Ruhe und Verlässlichkeit, was nicht zuletzt am Innenminister lag. Der Kraftsportler aus Leipzig hatte sich mit seinem breiten Kreuz vor die Ordnungs- und Sicherheitskräfte der DDR gestellt, was so nicht erwartet worden war. Diestel saß für die DSU in der Regierung. Diese Partei war mit dem Geld der bayerischen CSU aus der Taufe gehoben worden. Das sagte schon alles. Der Mann jedoch überraschte. Überdies unterschied er sich erkennbar von der nationalkonservativen bis reaktionären Basis seines Vereins. In der »Allianz für Deutschland«, die ich immer nur AfD nannte – einem Dreierbündnis aus CDU, DSU und Demokratie jetzt! – war Diestel in die Übergaberegierung gespült worden und nun unser oberster Dienstherr. Und der tat das, was man von einem ordentlichen Chef erwartete: die Hände schützend über seine Unterstellten zu halten.

Ich betrat das Polizeipräsidium durch das Portal in der Hans-Beimler-Straße. Den Kasten hatte in den späten zwanziger Jahren Karstadt für seine Zentrale errichten lassen, damals galt es als Berlins größtes Bürogebäude. Selbst dem Kaufhauskonzern war es bald zu groß, weshalb er das Haus 1934 ans Reichsfinanzministerium verkaufte und die Firmenzentrale nach Hamburg verlegte. Der ganze Gebäudekomplex wurde durch die Bombenangriffe schwer beschädigt. Aber nicht so schwer wie das Polizeipräsidium mit dem dazugehörenden Gefängnis in der Dircksenstraße, nur wenige Hundert Meter von hier. Das konnte nur noch abgerissen werden. Darum zogen bereits in den vierziger Jahren in das Ex-Karstadt-Haus in der Neuen Königstraße die ersten Dienststellen der Volkspolizei und schließlich auch der Polizeipräsident ein. Dort saß der noch immer. Seit 1966 trug die Neue Königstraße allerdings den Namen des Spanienkämpfers Hans Beimler.

Im Foyer traf ich Rüdiger Ahlgrimm. Ich glaube nicht, dass er mich abgepasst hatte, aber an einen Zufall mochte ich auch nicht glauben. Er begrüßte mich frohgelaunt, offenbar war auch ihm das herrliche Wetter aufs Gemüt geschlagen. Oder aber er wollte mir demonstrativ zeigen, dass der von ihm bearbeitete Fall ihn nicht sonderlich bedrückte. Na, erkundigte ich mich nach dem Morgengruß, seid ihr schon weiter?

Ali machte eine unbestimmte Handbewegung, die Deutungen in alle Richtungen zuließ.

»Kann ich dich sprechen? Vor der Morgenrunde.«

»Immer. Du weißt, wo meine Tür ist.«

»Ich komme gleich mit. Wenn's recht ist …« Er zögerte, als hielt er es für ungebührlich, seinem Vorgesetzten auf dem Absatz zu folgen. Das war natürlich Quatsch, er wusste, dass ich nicht zu jenen in unserem Hause gehörte, die sich die Hose mit der Kneifzange anzogen. Auch wenn es in der DDR keine Beamten gab – zu den ersten Befehlen der sowjetischen Besatzungsmacht gehörte bekanntlich die Abschaffung des Berufsbeamtentums in ihrer Zone –, so gab es nicht wenige unter uns, die über Eigenschaften verfügten, die man gemeinhin diesem Berufsstand nachsagte. Und das waren neben Zuverlässigkeit und Loyalität gegenüber dem Dienstherrn auch weniger angenehme: angepasst und eingepasst in die Hierarchie, obrigkeitshörig, devot nach oben und autoritär nach unten.

Ich sperrte meine Tür auf, nachdem ich die Siegel gewissenhaft überprüft hatte. Sie waren unversehrt. An jedem Abend drückte ich, wenn ich mein Büro verließ, in die beiden Näpfe mit Knete, welche durch einen Faden über der Türfuge verbunden waren, pflichtschuldig das Petschaft. Was insofern ein wenig albern war: Mehr als feststellen, dass in der Nacht niemand die Tür unbefugt geöffnet hatte und vielleicht im Büro gewesen war, ließ sich damit nicht. Wenn etwas verschwunden war, kriegte man es auf diese Weise auch nicht zurück.

Diese Praxis hatten die Sowjets damals eingeführt. Und daher war es überall im Lande üblich, aus Sicherheitsgründen Diensträume über Nacht zu siegeln. Tausende Petschaften existierten, Zehntausende Kontrollen erfolgten alltäglich und wurden minutiös protokolliert. Wehe, ein Siegel war gebrochen, der Faden hing lose nach unten! Da gab es Wirbel, als seien Staatsgeheimnisse abhanden gekommen. Wie alles, das diesem hypertrophierten Sicherheitsdenken geschuldet war, überzog man auch dabei. Typisch DDR! Diese Übung, davon war ich überzeugt, würde über kurz oder lang beendet werden. Wir schrieben nicht mehr 1950, sondern 1990.

Ali folgte mir ins Zimmer. Ich öffnete das Fenster, um frische Luft hereinzulassen. Mein Blick fiel auf das gegenüberliegende Gebäude mit den vergitterten Fenstern. Vor wenigen Monaten noch hingen Untersuchungshäftlinge an den Fenstern und quatschten mit den Zellennachbarn. Deshalb war es auf dem Hof immer laut. Die Häuser im Geviert zwischen Keibel-, Wadzeck-, Hans-Beimler- und Alex-Wedding-Straße bildeten gleichsam einen Schalltrichter, der jeden Ton verstärkte.

Besonders laut und nervig wurde es, wenn die Kampfgruppen, die im obersten Stock des Gebäuderiegels in der Keibelstraße ihre Waffen- und Ausrüstungskammern hatten, im Gänsemarsch über den Innenhof schlurften. Stahlhelm, Feldspaten, Trinkflasche, Magazintasche und andere unnütze Teile, die sie am Koppel trugen, klapperten bei jedem Schritt. Es schien kein Ende zu nehmen, wenn Hunderte Männer mit lautem Scheppern über den Innenhof trotteten. Das geschah täglich mindestens zwei Mal: Morgens rückten die Kämpfer aus zu

Übungen außerhalb Berlins, und abends kehrten sie müde und verdreckt wieder, um Waffen und Ausrüstung abzugeben. Die U-Häftlinge nahmen daran Anstoß und schlugen mit ihren Blechgeschirren, die sie durch die Gitterstäbe reckten, gegen die Außenwand und verstärkten dadurch noch den Hoflärm. War's kollektiver Protest oder nur dankbare Abwechslung? Verhindern ließ es sich jedenfalls nicht.

Die Kampfgruppen waren inzwischen aufgelöst, die Waffen unter Verschluss, und die meisten Zellen gähnten leer. Es herrschte Ruhe im Hof.

Ich setzte mich an den Schreibtisch, Ali hatte bereits am Stuhl davor Platz genommen. Wie üblich hatte ich das Sakko über die Stuhllehne geworfen. »Was hast du? Erzähle.«

Ahlgrimm sammelte sich kurz und hob an. »Es gibt einen Lebensgefährten bei der Bahn. Ein Lokführer. Der ist aber schon am Sonntag nach München gedampft, hat also ein Alibi …«

Ich unterbrach ihn. »Ali, bei aller Liebe, das musst du mir nicht mitteilen. Du darfst es auch nicht. Ich bin Zeuge, mehr nicht. Bei diesem Fall bin ich de facto nicht einmal dein Vorgesetzter. Du kannst die Kollegen und den Staatsanwalt über den Fortgang der Ermittlungen unterrichten, aber nicht mich! Das habe ich dir schon am Sonntag gesagt und auch gestern, jetzt sage ich es dir zum dritten Mal. Lade mich als Zeuge vor, wenn du was von mir wissen willst, und ich werde aussagen.«

»Das können wir doch gleich hier machen.«

»Sag mal, Ali, hast du über Nacht dein Handwerk verlernt? Zeugenvernehmung unter vier Augen geht nicht. Zwei Kollegen, ein Aufnahmegerät. So und nicht anders werden wir es auch bei mir halten.«

Kriminalhauptkommissar Ahlgrimm erhob sich, er schien verärgert. Okay, sagte er, um elf Uhr im Vernehmerraum 100 drüben in der Keibelstraße.

Ob der frei sei, erkundigte ich mich vorsichtshalber.

Ali nickte. Er werde dafür sorgen.

Ich fand mich pünktlich ein. Den zweiten Mann kannte ich nur vom Sehen, er stellte sich mir als Kriminalhauptkommissar Rainer Röllke vor. Den Namen hatte ich noch nie gehört. Oder doch? Ich konnte mich nicht erinnern.

Röllke ging auf die fünfzig zu, trug einen Schnauzer, der bereits von Silberfäden durchzogen war, und hatte eine beachtlich hohe Stirn. Die Glatze wurde von einem Haarkranz gesäumt. Röllkes graublaue Augen verschwammen hinter dicken Brillengläsern, Daumen und Mittelfinger waren gelb und verrieten den starken Raucher. Fehlte nur noch, dass seine Nase rot war. Doch nichts deutete darauf hin, dass er dem Alkohol übermäßig zusprach. Die Anzughose war so ausgebeult wie die Ärmel des Jacketts. Erkennbar ein solider, unauffälliger Staatsdiener … Man musste sich schließlich die Leute genau anschauen, mit denen man es zu tun hatte. Bei Ahlgrimm war ich betriebsblind. Der sah aus wie immer.

Nachdem Ali die Taste des Aufnahmegeräts gedrückt hatte und die Spulen sich zu drehen begannen, machte er die übliche Ansage: Datum, Uhrzeit, Namen der Anwesenden, dann belehrte er mich. Schließlich stellte er die erste Frage. Ob mir die am Sonntag tot aufgefundene Person Martina Th. bekannt gewesen sei.

Ich antwortete mit Ja.

Ahlgrimm schaute mich leicht enttäuscht an, als erwartete er mehr.

Ich reagierte gelassen auf seinen Bernhardinerblick. »Du hast mir eine Frage gestellt, die sich nach den Gesetzen der Logik nur mit Nein oder Ja beantworten lässt.«

Röllke grinste. Ahlgrimm hatte verstanden.

»Seit wann kanntest du diese Frau?«

Ich musste nicht lange überlegen. »Seit etwa zehn Jahren.«

»Kanntest du sie gut?«

»Wie man's nimmt.« Ich hatte mich entschlossen, auf die Fragen so einsilbig zu reagieren, wie sie formuliert wurden. Warum sollte ich hier Romane erzählen?

Röllke hatte sich auf seinem Stuhl zurückgelehnt und augenscheinlich die Rolle des stillen Beobachters eingenommen. Vielleicht aber war es auch die Haltung eines Krokodils, das träge im Sumpf lag und auf den Moment lauerte, mit einem blitzschnellen Biss Beute zu machen. Schwer abzuschätzen.

»Bitte etwas präziser. Und nenne auch bitte die Umstände, wie du sie kennengelernt hast.« Ahlgrimm legte nach.

Ich überlegte. »Das muss 1980 im Frühjahr gewesen sein, als ich in Aschersleben war.«

»An der Offiziersschule des MdI«, ergänzte Ali. »Dreijahreslehrgang.«

Ich nickte.

»Und wie kam es zu der Begegnung in Aschersleben?«

Ich schüttelte den Kopf. »Es gab keine Begegnung in Aschersleben, sondern in Berlin. Und es war auch nichts Besonderes dabei. Meine Frau besuchte damals einen Lehrgang des FDGB. Dort lernte sie Martina Th. kennen. Die Frauen kamen sich näher, freundeten sich an. Bei irgendeinem Urlaubsaufenthalt in Berlin lernte ich sie und ihren Mann kennen.«

»Was machte sie beruflich?«

»Sie war Lehrausbilderin beim VEB Bako.«

Ali schrieb etwas sein Büchlein, ich konnte nicht sehen, was er notierte. Das war mir im Übrigen auch egal. Die Spulen des Aufnahmegerätes drehten sich langsam, Röllke schwieg weiter vor sich hin. Früher kamen oft Geräusche vom Gang, es wurde gerufen, Türen knallten. Jetzt herrschte Stille im Haus. Wie auf einem Friedhof. Totentanz.

Nun meldete sich Röllke doch zu Wort, dem die Pause wohl zu lange dauerte. »Worauf gründete diese Verbindung? Ich meine, warum gingen die beiden Frauen nach dem Lehrgang nicht ihrer Wege? Gab es da etwas Besonderes?«

Oha, dachte ich, der wollte es aber genau wissen und holte gleich das psychologische Besteck raus.

»Es waren junge Mütter. Unsere Tochter war damals drei Jahre alt, und auch die jüngste Tochter von Martina Th. befand sich in diesem Alter. Ihre zweite Tochter war damals so um die fünf. Ich glaube, dass war der Kern der Beziehung: die Kinder.«

»Gemeinsame Hobbys, Interessen?«

»Nein, nicht das ich wüsste.«

»Und diese Verbindung entwickelte sich dann im Laufe der Zeit?«, fasste nun wieder Ali nach.

»Ja. Die Kinder freundeten sich an, wie feierten gemeinsam Geburtstag, besuchten uns an Wochenenden im Garten. Manchmal schlief meine Tochter bei ihnen, manchmal blieben die Mädchen der Th.s über Nacht. Es wuchs eine freundschaftliche Beziehung zwischen unseren Familien.«

»Und sonst nichts?«

Ich lachte. »Und sonst nichts! Worauf willst du hinaus, Ali?«

Er konterte mit dem Standardsatz, dass er hier die Frage stelle und ich lediglich darauf zu antworten habe.

»Na, dann stell sie doch«, höhnte ich.

»Ich meine: Gab es Auffälligkeiten, Abweichungen von der Norm?«

»Nein, Martina aß mit Messer und Gabel und ging regelmäßig zur Arbeit. So hielt es auch ihr Mann. Auch kann ich nicht bestätigen, dass sie ihre Kinder schlugen.«

Ali schnaufte. »Du weißt genau, was ich meine.«

Eben nicht, hielt ich ihm nicht minder verärgert entgegen. »Ich wiederhole: Worauf bist du aus?«

Nun meldete sich Röllke zum zweiten Mal zu Wort. »Ich versuche jetzt mal Kollegen Ahlgrimm zu interpretieren: Bemerkten Sie sexuelle Auffälligkeiten oder spezielle Präferenzen auf diesem Gebiet bei Frau Th.?«

»Ich habe dergleichen nicht bemerkt. Ich meine: spezielle Präferenzen.«

»Da Sie so präzise unterscheiden und jedes Wort mit Bedacht setzen: Es gab also sexuelle Auffälligkeiten?«

Ich drehte die Handflächen nach oben und blies die Wangen auf. Was sollte ich jetzt offenbaren? Nun ja, sie sei sexuell ziemlich aktiv gewesen, räumte ich ein, kein Kind von Traurigkeit. Wäre sie jedoch ein Mann, würde man darüber kein Wort verlieren. Da gilt promiskes Verhalten in diesem Alter als Ausdruck von Kraft und Stärke und Attraktivität.

»Woher wissen Sie von der Promiskuität der Frau Th.? Waren Sie mit ihr im Bett?« Röllke nahm kein Blatt vor den Mund und fragte direkt.

»Fragen Sie mich, ob ich Eier legen kann, nur weil ich gern Eier esse?« Ich gab mich in Maßen entrüstet, wobei mir bewusst war, dass es sich bei meinem schrägen Vergleich um absoluten Nonsens handelte. Etwa von der Qualität: Nachts ist es kälter als draußen. Ich ruderte darum umgehend zurück und bot ein Zugeständnis an, um nicht weitere Fragen zu provozieren. »Ihr Mann fragte mich mal, als wir gemeinsam den Garten umgruben, ob ich auch jeden Tag bei meiner Regina ›ranmüsse‹. Daraus schloss ich, dass bei ihm die ehelichen Pflichten täglich eingefordert wurden.«

Röllke nickte, nahm sich theatralisch die Brille von der Nase und wischte sich über die Augen. »Ich werde Sie nicht fragen, was Sie Th. darauf geantwortet haben. Das hat meines Erachtens nichts mit dem Fall zu tun.«

Ich nickte dankbar.

Ahlgrimm meldete sich erneut zu Wort. »Wo arbeitete dieser Klaus Th. eigentlich?«

»Auch bei Bako und wie seine Frau in der Lehrlingsausbildung.«

Ich spürte, wie es die beiden juckte, das Thema »sexuelle Aktivität« zu vertiefen, nur wussten anscheinend beide nicht, wie sie es anstellen sollten, um nicht allzu voyeuristisch zu erscheinen. Auf der anderen Seite, dessen waren sie sich so bewusst wie ich auch, hatte das alles nur höchst indirekt mit dem Tötungsdelikt zu tun. Martinas Präferenz war angesichts der Fesselung wohl eindeutig, das musste nicht sonderlich vertieft werden. Und wenn Sie mich verdächtigten, ihnen irgendwelche Informationen vorzuenthalten, warum hätte ich mich dann sofort von dem Fall abmelden sollen? Im Gegenteil: Als Ermittler hatte man doch die besten Chancen, Spuren zu verschleiern und andere Fährten zu legen. Es sei denn, ich war besonders clever und wollte eben genau dies suggerieren.

Die beiden folgten aber dieser Logik nicht und bewegten sich im Kreis. Sie hatten allerdings auch keinen Anflug eines Gedankens, wie sie aus dieser kindischen Befragung herauskommen konnten. Jedoch sah ich keinen Grund, ihnen bei der Suche nach dem Ausgang behilflich zu sein.

»Trennte sich Klaus Th. von seiner Frau, weil er glaubte, sie nicht ausreichend befriedigen zu können. Oder weil sie fremdging?«

So könne man das wohl nicht sagen, erklärte ich leicht vergrätzt. Klaus starb 1985 an einem Schlaganfall. Ob an den Folgen seiner Überforderung, ich machte eine Pause, um das Wort wirken zu lassen, wisse ich nicht.

»Und danach riss die Verbindung zwischen ihnen, ich meine: zwischen Ihrer und der Familie Th.?«

»Warum sollte sie? Im Gegenteil: Martina stand nun allein mit ihren beiden Mädchen da. Wir nahmen die Kinder in regelmäßige Obhut. Das war doch selbstverständlich.«

»Und diese, nun ja, freundschaftliche Beziehung dauert bis heute an?« Röllke hakte nach.

»Nein.«

Ich blickte in zwei fragende Gesichter.

»Wir brachen die Verbindung vor zwei, drei Jahren ab. Martina hatte inzwischen einen Mann kennengelernt, der bei ihr einzog. Sie stellte uns den Neuen vor. Eben jenen Eisenbahner.«

»Warum gingen Sie auf Distanz?«

»Der Typ schmeckte uns einfach nicht. Meine Frau und ich konnten nicht mit ihm. Und er wohl auch nicht mit uns.«

Auf dem Flur rumpelte es. Offenbar räumte man bereits Mobiliar aus oder um. Es war allen unklar, was aus dem Haus werden würde. Blieben wir hier oder zogen andere Institutionen in den Gebäudekomplex? Eine eigenartige Unentschlossenheit lastete auf uns. Was also bedeutete der Lärm auf dem Gang?

»Wollen wir unterbrechen«, fragte Röllke, der die Chance für eine Rauchpause witterte. Natürlich war mir auch nach einer Zigarette. Doch schon aus Trotz lehnte ich ab. Wir seien ja wohl fast fertig, denn in der Sache könnte ich kaum noch etwas beisteuern.

Alis Blick glich dem eines Anglers, welchem der Hecht von der Rute zu gehen drohte, nachdem er ihn bereits am Haken zu haben glaubte. Zog er die Schnur an, konnte der Fisch verschwinden, ließ er ihn still gewähren, geschah eventuell das Gleiche: Er spuckte den Haken aus, bevor sich dieser in seine Oberlippe gebohrt hatte. Ahlgrimm haderte erkennbar mit sich und der Situation. Dann platzte es aus ihm heraus: »Ich frage dich jetzt noch einmal auf Ehre und Gewissen: Hast du etwas mit ihr gehabt?«

»Wenn du damit meinst, ich habe sie gevögelt oder verknotet – eindeutig nein. Ich hatte niemals eine sexuelle Beziehung zu dieser Frau! Aber gut, du gibst ja eh keine Ruhe: Es hätte, wenn es nach ihr gegangen wäre, eine werden können. Ihre Offerten und Angebote waren im Wortsinne unverhüllt, also eindeutig. Ja, sie ging auch mir an die Wäsche, und nicht erst, als sie Witwe geworden war. Ich meine, sie hatte eine nymphomanische Veranlagung. So etwas soll es ja geben.« Ich merkte, dass ich mich erregte.

»Du bist also von ihr bedrängt worden und hast tapfer widerstanden. Warum?«

Was für eine dämliche Frage, und was sollte dieser ironische Unterton? Ich warf Ali einen wütenden Blick zu. »Erstens bin ich verheiratet, und zwar glücklich. Zweitens war Martina nicht mein Typ. Und drittens schließlich ist mir jede Art von Seitensprung zuwider, weil anstrengend. Ich bin nämlich ein verdammt bequemer, konservativer Knochen. Affären machen nur Stress. So, nun weißt du es.«

Ich lehnte mich auf dem Stuhl zurück und verschränkte die Arme vor meiner Brust wie eine Barrikade. Bis hierher und nicht weiter, signalisierte ich den beiden. Doch sie schienen nicht weitergehen zu wollen.

Er meine, dachte Kriminalhauptkommissar Ahlgrimm laut, dass dieser Hinweis auf eine mögliche Nymphomanie des Opfers den Kreis potenzieller und unbekannter Täter erheblich erweitert.

Röllke bekräftigte durch erkennbares Kopfnicken diese Auffassung.

Dass ich dies von Anfang an so gesehen hatte, musste ich nicht betonen.

An den folgenden Tagen nahm ich, was nahelag, an den Beratungsrunden der Morduntersuchungskommission nicht teil. Ich hatte genug anderes auf dem Schreibtisch zu liegen, mein Tag war angefüllt mit der Erledigung von bürokratischen Leiterverpflichtungen und anderen Aufgaben, die wenig bis nichts mit Kriminalistik zu tun hatten. Ich füllte stetig den Ascher und leerte Kaffeetasse um Kaffeetasse, studierte Akten und las die Tagespresse. Mein Blick fiel auf einen Brief, den der einst von der Sowjetunion ausgebürgerte Lew Kopelew an »Die Zeit«, die »Frankfurter Allgemeine Zeitung« und »Die Welt« gerichtet hatte und der nun in Auszügen von anderen Blättern nachgedruckt worden war. Der ukrainische Jude und Dissident stellte sich darin schützend vor seine Schriftstellerkollegin Christa Wolf, die bis vor wenigen Monaten im Westen noch überschwänglich gefeiert und als potenzielle Nobelpreisträgerin gehandelt worden war, nun aber von den gleichen Leuten als privilegierte Stütze des Systems denunziert wurde. Das hatte fast biblische Dimensionen: Hosianna riefen sie in Jerusalem, als Jesus auf dem Esel in die Stadt einzog – und wenige Tage später forderte dieselben Menschen von Pilatus: Kreuzige, kreuzige ihn! Die Heuchler schienen unsterblich und zu allen Zeiten präsent, wie ich nicht zum ersten Mal sehen musste.

Der in Köln am Rhein lebende Lew Kopelew nannte den »kritischen Feldzug« in den westdeutschen Blättern »Literatenneid der Kleingeister auf eine erfolgreiche Schriftstellerin« und Ausdruck von »fanatischem Antikommunismus«. Genau darum handelte es sich.

Und er verwahrte sich prinzipiell dagegen, die Gefolgschaft von Hitler und Stalin gleichzusetzen. »Wer sich zum Programm von Knechtung und Vernichtung ›minderwertiger‹ Völker und Rassen, zum chauvinistischen Menschenhass bekannte, war grundsätzlich anders motiviert als die, die glaubten, dass sie sich für Freiheit und Gleichheit aller Menschen, für alle Unterdrückten und Ausgebeuteten, für die Gerechtigkeit und die Verbrüderung aller Völker auf Erden einsetzen.« Kopelew hatte als Freiwilliger in der Roten Armee gegen die Hitler-Wehrmacht gekämpft und zehn Jahre im GuLag gesessen, ein Jahr nach Stalins Tod war er freigekommen: Der wusste, worüber er urteilte …

Ich trennte die Seite mit dem Beitrag aus der Zeitung und faltete das Blatt säuberlich zusammen. Wer weiß, vielleicht brauchte ich noch einmal den Text. Es war nicht sicher, dass die gegenwärtige Hysterie gegen die DDR bald abebben würde.

In einem anderen Blatt zitierte man die »Hannoversche Allgemeine Zeitung«, die in Erfahrung gebracht haben wollte, dass es bereits einen Entwurf für einen zweiten Staatsvertrag der Bundesregierung über den Beitritt der DDR zur BRD gebe – und das eine Woche bevor der erste Staatsvertrag in Kraft treten sollte. Die Meldung war unscheinbar, und ein empörtes Echo darauf fiel aus. Es gab überhaupt keine Resonanz.

Ich fand das in mehrfacher Hinsicht skandalös: Das Volk war mal wieder nicht gefragt worden, man zog wie üblich im Hintergrund die Strippen, das Ende der DDR war bereits beschlossen. Mich empörte auch deshalb der Inhalt dieser beiläufigen Meldung, weil es darin hieß, dass die Übergangsvorschriften für den öffentlichen Dienst »weitestgehend geregelt seien«.

Die Arbeitsrechtsverhältnisse in der DDR sollten »zunächst« bestehen bleiben. Aber »es müsse fristlos gekündigt werden, wenn der Beschäftigte vor Inkrafttreten dieses Gesetzes gegen die Grundsätze der Menschlichkeit, der Rechtsstaatlichkeit verstoßen oder die freiheitlich-demokratische Grundordnung der Bundesrepublik Deutschland bekämpft habe.

Gleiches gelte auch, wenn er dem früheren SED-Regime unter anderem durch Wahrnehmung geheimdienstlicher oder staatssicherheitspolizeilicher Aufgaben durch den Staatssicherheitsdienst erheblich Vorschub geleistet habe.«

Wenn das so beschlossen werden würde, woran ich angesichts der inzwischen bestehenden politischen Verhältnisse kaum zweifelte, könnte bei uns jeder einpacken, der jemals einem Mann vom MfS die Hand geschüttelt hatte. Das war eine legale Institution der DDR wie das MdI, beide verstanden sich als Schutz- und Sicherheitsorgane.

Das Telefon läutete, ich griff zum Hörer. Ahlgrimm war dran. Ob ich am Stand der Ermittlungen im Fall Martina Th. interessiert sei? Immer, antwortete ich, wenn es denn ohne persönliche Konsequenzen für mich bliebe. Am anderen Ende der Leitung lachte Ali auf. Ich sei nach Lage der Dinge wohl aus dem Kreis der Verdächtigen ausgeschieden.

Da sei ich aber sehr erleichtert, antwortete ich, und könne nun beruhigt schlafen.

Das konnte ich natürlich nicht, was aber ursächlich nicht mit dem Fall zusammenhing. Doch mit Ali musste ich das nicht diskutieren. Ich glaubte, dass er sich inzwischen von der Politik völlig verabschiedet hatte. Alles war für ihn Kismet, vorherbestimmt. Komme, was da kommen musste, er fügte sich in das Schicksal und gab sich damit der vermeintlichen Ohnmacht hin. Mit dieser Haltung stand er nicht allein. Der Sponti-Spruch aus den siebziger Jahren »Wer kämpft, kann verlieren – wer nicht kämpft, hat schon verloren« besaß keine Gültigkeit mehr.

»Kommst du rum?«, fragte ich.

»Gern, wenn du es möchtest. Ich bin in einer halben Stunde bei dir.«

Ahlgrimm betrat wenig später leichtfüßig mein Büro, er schien gleichsam zu schweben. Allein sein Gang und die Körperhaltung verrieten, dass die Ermittlungen nahezu abgeschlossen waren. Ali zeigte sich als Sieger.

»Na, habt ihr den Täter?«, erkundigte ich mich gleich bei der Begrüßung.

»Noch nicht«, antwortete Ali mit einem triumphierenden Lächeln, »aber wir stehen kurz davor.«

Ich zog ihn in die Sitzecke, um zu signalisieren, dass sich bei unserem Gespräch um ein privates, also nicht um ein offizielles handelte. Ich wollte mir von keiner Seite daraus später einen Vorwurf drechseln lassen.

Ali wollte bereits nach seinem Notizbüchlein greifen, verharrte aber in der Bewegung und beließ es an seinem Platze. Er wolle ja nicht vortragen, sondern mich lediglich informieren, wie er sagte.

Erstens, hob er an und blieb damit doch irgendwie protokollarisch, haben wir den Lebensgefährten der Toten ausfindig gemacht und befragt. Und zwar in München, wo er als Rangierer oder in der

Richtung tätig ist. Martina Th. habe ihn, so hätte er ausgesagt, am Sonntagnachmittag zum Ostbahnhof gebracht, wo er den Zug nach Bayern bestiegen habe. »Wurde alles überprüft, der hat ein lückenloses Alibi. Zum vermutlichen Tat- oder Todeszeitpunkt saß er in der Bahn. Er scheidet also definitiv als Täter aus.«

Habe er sonst Aussagen zu, naja, Ali wisse schon, gemacht?, erkundigte ich mich interessiert.

Ali feixte. »Er sagte, sie hätten ein ›erfülltes Wochenende‹ miteinander verbracht. Was immer man sich darunter vorstellen kann.«

»Und was stellst du dir vor? Gehörte auch ein Seil zur ›Erfüllung‹?«

»Wir mussten ihm ja mitteilen, auf welche Weise seine Lebensgefährtin zu Tode gekommen war. Auch wenn er die Nachricht ziemlich ungerührt zur Kenntnis nahm, irritierte ihn der Hinweis auf Bondage merklich. Er habe diese Art von Sex noch nie praktiziert, erklärte er, und dass seine Lebensgefährtin darauf stand, habe sie ihm auch nie offenbart. »Ich glaube, seine Überraschung war echt. Wie der darauf reagierte …« Ali verstand das Erstaunen des Eisenbahners. Dieser hatte länger als drei Jahre das Bett mit einer Frau geteilt, ohne deren sexuelle Vorlieben und Neigungen zu kennen. Was für eine Enttäuschung.

Ich kannte mal einen Mann, dessen Frau sich in seine lesbische Physiotherapeutin verliebte. Das traf den eitlen Macho härter, als wenn seine Frau sich einem anderen Kerl an den Hals geworfen hätte. Ein Seitensprung wäre ein Betriebsunfall im Rahmen seines Koordinatensystems gewesen, Affären gehörten zu seinem Repertoire. Er fühlte sich erkennbar in seiner eingebildeten Ehre verletzt, weil er – so sein Selbstverständnis – es nicht vermocht hatte, seine Frau von seinen männlichen Qualitäten hinreichend zu überzeugen. Andernfalls, so seine Logik, hätte sich seine Frau nicht veranlasst gesehen, sich in den Schoß einer Geschlechtsgenossin zu flüchten. Er hatte versagt.

»Und zweitens?«

Ali schaute mich verunsichert an. »Zweitens?«

»Du hattest doch mit ›erstens‹ begonnen. Was ist der zweite Punkt?«

Ahlgrimm schlug sich mit der flachen Hand an die Stirn. »Natürlich. Zweitens also: Wir stießen bei den Recherchen im Betrieb und in der Nachbarschaft auf eine Freundin der Toten. Eine lebenslustige junge Frau vom gleichen Stamme.«

»Fesselspiele?«

»Nein, das offenbar nicht. Aber sie war ähnlich scharf auf Männer wie Martina Th., die übrigens schon einige Zeit nicht mehr in der Lehrlingsausbildung arbeitete. Sie hat, um der drohenden Arbeitslosigkeit zu entkommen, zwei Imbissbuden aufgemacht. Bockwurst, Bier und Bouletten, also den üblichen Quatsch. Hat aber funktioniert.«

Das konnte ich bestätigen. Auch in meinem weitläufigen Bekanntenkreis hatten sich einige gezwungenermaßen selbständig gemacht. Die einen verkauften westdeutsche Versicherungspolicen, die anderen Bratwürste und Broiler. Imbissmäßig und versicherungstechnisch war die DDR eine Wüste, die nunmehr urbar gemacht wurde. Jeder Parkplatz an der Autobahn wurde mit von der NVA oder den Kampfgruppen ausgemusterten Gulaschkanonen zugestellt, Zirkuswagen wurden zu rollenden Imbissständen umgebaut, geschlossene Läden öffneten als Frittenbuden. Wie Pilze aus dem Boden schossen, so sprossen die Fressbutzen aus Mutter Erde und ernährten ihre Betreiber recht und schlecht. Und Martina Th. besaß also gleich zwei »Suppenschmieden«.

Das heißt, sie litt keine Not. Das lag auf der Hand. Denn wenn man mehrere Läden betrieb, brauchte man Angestellte, und die mussten bezahlt werden. Das konnte man sich aber nur leisten, wenn die Fresstempel genügend Gewinn abwarfen. Sonst machte es keinen Sinn.

Ali nickte. »So ist es. Es lief scheinbar ganz gut, wie wir ermittelten. Darum reichlich Bargeld und Schmuck in der Wohnung, was jetzt jedoch fehlte. Die beiden Mädchen der Toten konnten uns zwar zeigen, wo es gelegen hatte. Wie viel der oder die Täter konkret mitnahmen, wussten sie natürlich nicht.«

»Also Raubmord?«, warf ich ein.

»Glaube ich nicht. Th. ist nicht wegen des Geldes oder des Schmucks erdrosselt worden. Ich bleibe bei meiner These vom Unfall. Erst danach hat der oder haben die Täter sich wohl entschlossen, die Wohnung nach Wertvollem zu durchsuchen. Und damit kommen wir zum dritten Punkt.«

»Nämlich?«

»Auch das Auto ist weg.«

»Martina besaß ein Auto?«

»Ja, einen weißen Lada. Schlüssel und Papiere fehlten, und der Platz, auf dem das Auto sonst immer stand, war auch leer. Besser gesagt: Es stand ein anderes Fahrzeug dort, weil der Lada weg war. Parkplätze werden inzwischen so rar wie Arbeitsplätze.«

»Habt ihr das Auto zur Fahndung ausgeschrieben?

»Na klar doch. Aber an der Grenze wird nicht mehr kontrolliert. Jetzt hoffen wir, dass der Lada noch auf DDR-Gebiet ist.«

»So blöd wird doch keiner sein, mit einem geklauten Auto durch die Gegend zu fahren.« Ich schüttelte den Kopf. Der Lada war doch längst drüben. Oder in Polen. Ob sich die westdeutschen Polizisten um in der DDR geklaute Kraftfahrzeuge. kümmern würden, wagte ich zu bezweifeln. Und bei uns herrschte für Ganoven nahezu Rechtsfreiheit. Der Innenminister jagte lieber in der DDR untergetauchte RAF-Mitglieder, die sich schlagzeilenträchtig an die westdeutsche Justiz ausliefern ließen.

Ali winkte ab. »Der Lada ist in der Magdeburger Gegend gesehen worden.«

»Aha«, entgegnete ich, »was ich sagte. Unterwegs Richtung Westen auf der Autobahn.«

»Nicht auf der Autobahn. In einem Börde-Dorf.«

»Ist der Zugriff erfolgt?«

»Müsste heute passieren. Ich habe noch keine Rückmeldung bekommen.«

»Klingt ein wenig merkwürdig. In einem Kaff in der Magdeburger Börde wird ein gesuchter Lada gesichtet, es gibt Meldung nach Berlin und der Mann – ich vermute, dass es ein Mann ist – wird hoppgenommen. Da sind so viele Zufälle und logische Brüche im Spiel, dass man meint, es handelte sich um einen Fernsehkrimi. Hast du den letzten ›Tatort‹ gesehen: Das war vielleicht wieder ein konstruierter, verkopfter Schrott, ohne Logik und Verstand.«

Ali gab mir recht. Es habe an seiner Erzählung gelegen, das ich zu diesem Schluss käme. Die Freundin der Toten, viertens, habe die Ermittler nämlich auf diese Spur gebracht. »Von ihr wissen wir, dass Martina Th. unmittelbar nach der Verabschiedung ihres Mannes auf dem Ostbahnhof ins Café Moskau gegangen ist. Dort trafen sich die beiden – auch unter der Woche – zum Tanztee, um sich einen, nun ja, Stecher zu greifen.«

Ungläubig schüttelte ich den Kopf. Ich dachte, sexwütige Frauen, die immer nur das eine wollen, gebe es nur in billigen Pornos.

»Und diese liebeshungrige Frau, so vermute ich, hat euch den Mann beschrieben, mit dem Martina Th. nach Marzahn abgeschwirrt ist. Mit dem weißen Lada. Richtig?«

Ali schnipste grinsend mit dem Finger. »Richtisch.«

»Lass mich weiter raten: Wir haben ihn in der Datei?!«

»Wieder Treffer.« Ahlgrimm platzte fast vor Stolz. »Eine Art Heiratsschwindler oder Hochstapler, der bereits zwei, drei Mal wegen solcher Delikte verknackt worden ist. Er arbeitet, weil er es sich leisten kann, nach der schnellen Methode, greift sich einsame Herzen, die bei Diskotheken und Tanzveranstaltungen für die reifere Jugend auf Männersuche sind. Diesmal griff er sich kein einsames Herz, sondern die liebestolle Martina. Und aus die Maus.«

Ich beglückwünschte Ali zum raschen Fahndungserfolg binnen einer Woche. Wenn sich alles so verhielte, wie er berichtet hatte, dürfte es keine Probleme bereiten, den Mann zu überführen. Fingerabdrücke, Spermaspuren und andere Indizien hatte es in Fülle am Tatort gegeben, das sollte genügen, um ihn dem Haftrichter vorzustellen.

Am Montag in jener Woche, an deren Ende die D-Mark in die DDR kommen würde, vernahm Kriminalhauptkommissar Ahlgrimm im Beisein des Staatsanwalts Jochen Z. zum ersten Mal. Der junge

Mann aus der Magdeburger Börde bestritt, nicht unerwartet, alle Tatvorwürfe. Er sei am fraglichen Sonntag überhaupt nicht in Berlin gewesen, und der weiße Lada habe ihm ein Unbekannter, der in den Westen gegangen sei und seine alte Ostkarre nicht habe mitnehmen wollen, vor die Tür gestellt. Auf den Widerspruch, dass der Halter des Wagens eine Berlinerin gewesen sei, reagierte Z. unwirsch mit der Feststellung, dann habe der Unbekannte das Auto eben in Berlin geklaut.

Wie denn der Unbekannte ausgesehen habe, fragte folgerichtig der Vernehmer und erhielt die erwartet vage Personenbeschreibung, die keine war.

Die erkennungsdienstliche Behandlung des Beschuldigten hatte Übereinstimmung mit den in der Wohnung gefundenen Fingerabdrücken ergeben. Es stand mit hundertprozentiger Sicherheit fest, dass Jochen Z. in der Wohnung von Martina Th. gewesen war. Auch wenn die Ermittler den entwendeten Schmuck und das Bargeld noch nicht gefunden hatten, so war Z. mindestens des Autodiebstahls überführt.

Irgendwann räumte er schließlich ein, dass er Martina Th. im Café Moskau an der Karl-Marx-Allee getroffen und sie – auf ihre Einladung hin – in ihre Wohnung in der Allee der Kosmonauten begleitet habe. Dort sei es zum einvernehmlichen Sex gekommen, und weil es bereits spät geworden war und er am nächsten Tag pünktlich zur Arbeit habe erscheinen wollte, hätte sie ihm das Auto leihweise überlassen.

An dieser Stelle hatte nicht nur der Staatsanwalt hell aufgelacht und ihn gefragt, wann er denn das Fahrzeug wieder habe zurückbringen sollen oder wollen.

Darüber sei nicht gesprochen worden, antwortete Z. selbstbewusst. Die Frau habe ihm keinen Termin genannt.

Ahlgrimm nahm diese Aussage wie auch andere widersprüchliche Angaben ordnungsgemäß zu Protokoll und insistierte an dieser Stelle nicht weiter.

Danach ging er zu den Details über, wie er mir jetzt berichtete. Also zu jenem Teil des Aufenthalts in der Wohnung von Martina Th., den Z. mit der Aussage, es sei zum einvernehmlichen Sex gekommen, beschrieben hatte. Er möge das doch ein wenig erläutern. Was müsse man sich darunter vorstellen?

Wir haben gefickt, sagte Z., und schaute dabei dem Kriminalkommissar provozierend ins Gesicht. Ob er nicht mehr wisse, wie das gehe? So alt sei er doch noch nicht, um schon alles vergessen zu haben.

Ahlgrimm schwoll nach eigenem Bekunden bei dieser Frechheit der Kamm. Eine solche Unverschämtheit hatte er während seiner ganzen Kriminalistenlaufbahn noch nie erlebt und er habe überlegt, den Beschuldigten in Grund und Boden zu brüllen. Einzig die Anwesenheit des Staatsanwalts habe ihn von einem unkontrollierten Zornesausbruch abgehalten. Er musste sich von diesem dreißigjährigen Kriminellen nicht beleidigen lassen. Wo lebten wir denn? Die Antwort auf diese rhetorische Frage konnte er sich selbst erteilen: im Übergang zum kapitalistischen Rechtsstaat, wo jeder alles sagen und selbst die unflätigsten Begriffe und Beleidigungen Staatsdienern und Staatsbürgern an den Kopf werfen durfte, ohne dass dies Folgen hatte.

Ahlgrimm schluckte also die Beleidigung hinunter und wiederholte seine Frage, was im Schlafzimmer passiert sei, und der Lümmel wiederholte grinsend, sie hätten hemmungslosen, wilden Sex gehabt. »Es war der Jahrhundertfick«, sagte er wörtlich.

»Hatten Sie auch ein Seil dabei«, erkundigte sich Ahlgrimm beiläufig, und Z. fragte lakonisch zurück: »Wozu?«

»Vielleicht weil Martina Th. es so wollte?«

Z. stellte sich dumm. »Was wollte sie?«

»Von Ihnen gefesselt und stranguliert werden. Es heißt, manche Menschen errege es besonders, wenn kurzzeitig die Luft knapp wird.«

»Keine Ahnung.«

»Das war wohl auch das Problem: Sie haben von den Fesselungstechniken keine Ahnung, Sie Amateur.« Ahlgrimm zahlte ihm genüsslich die Schmähung zurück. »Sie haben die Frau nicht gefesselt, sondern stranguliert. Und statt das Seil zu zerschneiden, um sie wieder zurückzuholen, haben Sie sie beklaut. Sie stahlen nicht nur das Leben der Frau, sondern auch ihr Bargeld, ihren Schmuck und ihr Auto. Und dann sind Sie abgehauen.«

Jochen Z. reagierte zunächst auf diesen Vorwurf nicht. Er brach auch nicht zusammen, als Ahlgrimm ihm vorhielt, dass nur noch juristisch unterschieden werden müsse, ob es sich um Mord, um Gewalt mit Todesfolge oder um fahrlässige Tötung gehandelt habe. Unstreitig aber sei, dass er Schuld sei am Tod der Frau.

Der Beschuldigte schaute den Vernehmer aus geweiteten Augen an, als habe er nicht verstanden, dass es um seinen Kopf ging. Vielleicht hatte er es jedoch begriffen, aber er wollte es nicht zugeben. Auf den Vorschlag, er solle doch sein Gewissen erleichtern, ging er so wenig ein wie auf Ahlgrimms Hinweis, dass ein Geständnis das Gericht eventuell milder stimmen würde. Jochen Z. schwieg beharrlich.

Ahlgrimm unterbrach an dieser Stelle nach einem Zeichen des Staatsanwalts und verließ mit diesem den Raum, Z. blieb mit einem Aufpasser in Uniform zurück.

Auf dem Flur schauten sich beide ein wenig ratlos an, der Kriminalist und auch der Jurist traten auf der Stelle. Die Indizien reichten für eine Verurteilung, beruhigte der Staatsanwalt den etwas erregten Ahlgrimm. Aber ein Geständnis wäre natürlich hilfreich. Und dann brachte er etwas ins Gespräch, woran Kriminalhauptkommissar Ahlgrimm überhaupt nicht gedacht hatte. Die Tage der DDR seien gezählt, sagte der Staatsanwalt. Wie lange unser Staat, er sagte tatsächlich »unser Staat«, noch existierte, wissen Bonn und vielleicht die Götter. Was danach komme, wüssten wir alle nicht. Deshalb müsse Jochen Z. so rasch wie möglich vor Gericht gebracht und verurteilt werden. Keine lange U-Haft, keine lange Verhandlung, hartes Urteil. Womöglich führe Z. in einem Verfahren nach der Vereinigung politische Gründe für die Tat an. Er habe mit der Fesselung gegen die Fesseln des Staates protestieren, ein Zeichen setzen wollen oder dergleichen Unsinn mehr, höhnte der Staatsanwalt. Deshalb wäre es nützlich, wenn Z. zu einem Geständnis gebracht werde. Das würde das Verfahren erheblich beschleunigen. Selbst wenn er später, in der Bundesrepublik Deutschland, widerriefe.

Ahlgrimm sah es nicht anders.

Und forcierte seine Befragung, nachdem er das Tonbandgerät wieder angestellt und ins Mikrofon die Uhrzeit gesprochen hatte, an der die Vernehmung fortgesetzt wurde.

»Herr Z., fassen wir also zusammen: Sie haben Martina Th. im Café Moskau kennengelernt, sind mit ihr in die Wohnung in Marzahn gefahren und haben dort mit ihr geschlafen. So weit richtig?«

Jochen Z. nickte ungerührt.

»Sie haben mit ihr zur sexuellen Stimulation Fesselspiele vorgenommen. Richtig.«

Der Beschuldigte schwieg.

»Was denn nun? Haben Sie die Frau auf deren Verlangen gefesselt oder nicht?«

Kein Wort kam über Z.s Lippen.

»Achten Sie bitte auf meine Worte: Sie haben auf Verlangen von Frau Th. das Seil an deren Körper verknotet. Nicht Sie haben sie dazu gezwungen, sondern es geschah auf Verlangen der Frau. Es war ja wohl auch Martina Th.s Seil. Oder hatten Sie es mitgebracht? In Ihrer Hosentasche? Ein anderes Behältnis hatten Sie doch nicht dabei. Und woher sollten Sie vorher wissen, beim Tanztee auf eine Frau zu treffen, die eine Leidenschaft für Bondage hat? Die Begegnung war rein zufällig, die Neigung der Frau Ihnen nicht bekannt. Warum also sollten Sie ein solches Seil bei sich haben und es später einsetzen? Kurzum: Die Frau hatte das Seil und den Wunsch, von Ihnen gefesselt zu werden. So war es doch? Sie sind darum von jedem Vorsatz freizustellen. Nicht wahr?«

Jochen Z. blieb stumm.

»Sie widersprechen nicht, also deute ich Ihr Schweigen als Zustimmung.« Der Kriminalhauptkommissar versuchte mit Tricks und ein wenig Demagogie die Zunge des Tatverdächtigen zu lockern. Wieder und wieder nahm er Anlauf.

»Sie sprachen vorhin vom ›Jahrhundertfick‹. Ich wiederhole meine Frage: Was war daran das Besondere, das Einmalige? Der Einsatz von Hilfsmitteln? Reichte Ihre Manneskraft allein nicht aus, um diese nimmersatte, gierige Frau zu befriedigen, weshalb sie nach dem Seil griff, damit Sie sie fesselten? Oder schnürten Sie sie deshalb, weil Sie sich von ihr gedemütigt fühlten? Machte sie sich lustig über sie, weil Sie keinen mehr hochkriegten? Nannte Martina Th. Sie deshalb einen Versager? Pfeife? Taube Nuss? Eine Null? Blindgänger? Niete? Schlaffi?« Ali suchte nach weiteren Begriffen, die Z. treffen und aus der Reserve locken sollten. »Schrie sie im Rausch der Sinne vielleicht ›Du Flasche!‹ oder ›Du Waschlappen!‹, was Sie – verständlicherweise – wütend machte?«

Ahlgrimm bemerkte im Gesicht des ihm gegenübersitzenden Mannes ein leichtes Zucken. Es verriet ihm, dass seine Philippika Z. tief getroffen hatte. Der war so eitel wie alle Machos, deren Männlichkeit bezweifelt wurde. Der Psychologe im Kriminalisten hatte vermutlich den Nerv getroffen. Er legte nach: »Herr Z., es gibt doch nichts Jämmerliches, als von einer Frau im Bett als Lusche bezeichnet zu werden. Ich kann das sehr wohl nachempfinden. Da rasteten Sie aus und zogen die Schnur fester und fester, bis sich die Frau nicht mehr rührte. War es nicht so?«

»Nein!«

Die letzte Vorhaltung erwies sich als Funke, der eine Detonation auslöste. Jochen Z. explodierte geradezu. Er hatte akkumuliert, jeder Satz des Kriminalisten war Sprengstoff gewesen, der ihn getroffen hatte und schweigend von ihm geschluckt worden war. Doch nun war die kritische Grenze erreicht. Es brach aus ihm raus. Z. brüllte, schrie, raste. Die Sätze überschlugen sich. Ehe der eine geendet hatte, flog schon der nächste von seinen Lippen.

Ahlgrimm versuchte den Redefluss zu bremsen, um Z. überhaupt zu verstehen. Beruhigen Sie sich, sagte er ein ums andere Mal. Legte seine Hände auf Z.s Unterarme, schaute in dessen Augen, die Karussell zu fahren schienen. Der Blick irrlichterte und war außerstande, sich auf einen Punkt zu konzentrieren.

»Gemach, gemach, Herr Z.«, sagte nun auch der Staatsanwalt. »Bitte langsam und der Reihe nach. Vielleicht beginnen Sie noch einmal von vorn.«

Jochen Z. brauchte einige Minuten, um sich zu sammeln. Er atmete tief durch und hob dann an. Er berichtete nicht eben druckreif, aber verständlich. Ja, er sei an diesem Sonntag zum Tanztee in jenem Pavillon mit dem Sputnik auf dem Dach gewesen, und ja, es war nicht das erste Mal. Dort würden stets »lonely hearts« unterwegs sein, liebeshungrige Frauen, die abgeschleppt werden wollten. Als Mann habe man leichtes Spiel. Da müsse man nicht stundenlang flirten und tanzen und überdies eine hohe Getränkerechnung machen, um eine Frau abzuschleppen. Die meisten, die zu diesen Tanztees kämen, wollten nur das eine und brauchten darum kein nerviges Vorspiel. Die ungeschriebenen Regeln seien allen bewusst. Man begegnete sich, fand sich mehr oder minder sympathisch, trank etwas, quatschte ein wenig, tanzte vielleicht sogar, und schon bald ging es ab nach Hause und in die Kiste. So sei es auch mit Martina Th. gewesen, die ihn unverblümt zur Schäferstunde eingeladen hatte. Ihr Mann, sagte sie, sei unterwegs nach Bayern, den sehe sie erst am Wochenende wieder. Und die Kinder wären auch aus dem Haus. Sturmfreie Bude also, beste Bedingungen.

»Und Sie sind einzig nur deshalb zu ihr ins Auto gestiegen, um etwas Spaß mit dieser Ihnen doch im Wesentlichen fremden Frau zu haben?« Ahlgrimm verstand das noch immer nicht. Seine Moralvorstellungen waren ziemlich festgefügt und ein wenig von gestern.

»Natürlich. Sie wollte ficken, ich wollte ficken – wo lag also das Problem? Nichts spricht dagegen, wenn zwei erwachsene Menschen gemeinsam ins Bett springen und sich miteinander vergnügen. Außerdem waren wir in einem Alter, wo man es nicht, wie etwa auf dem Dorfbums, hinter eine Hecke treibt.«

Ahlgrimm runzelte ein wenig die Stirn und verkniff sich den Einwurf, der ihm auf der Zunge lag. Stattdessen fragte er nach der Uhrzeit, wann sie in Marzahn eingetroffen waren.

Es sei wohl zwischen fünf und sechs Uhr gewesen, sagte Z., sie hätten noch eine Flasche Erlauer Stierblut geöffnet und seien dann übereinander hergefallen. Die erste Nummer sei entsprechend hitzig und kurz gewesen, und nach einer Zigarettenpause und einem Glas Wein habe man weitergemacht. Dabei sei Martina auf die Idee gekommen, es auch mal auf die harte Tour zu machen, also mit Fesseln, Schlagen und Unterdrücken und so. Er glaube nicht, dass ihr Wunsch spontan entstanden sei, denn sie habe gleich die Schublade ihres Nachtschranks aufgezogen und ein zusammengerolltes Kunstfaserseil hervorgeholt, sechs bis acht Millimeter dick. Material und Stärke des Seils seien wichtig, erklärte Z. und tat so, als wäre er kundig. »Knoten aus Nylon oder Polyester ziehen sich nicht so fest zusammen und lassen sich sehr leicht lösen.«

»Sie kennen sich also damit aus«, warf Ahlgrimm ein. Z. lächelte geschmeichelt.

»Ein wenig«, sagte er und ergänzte, dass Seile aus Baumwolle oder Hanf ihre Macken hätten. Hanfseile kratzten anfangs und müssten erst präpariert werden, und die Knoten aus Baumwolle könnten sich unter Umständen unlösbar zuziehen. Kunstfaser kommt besser.

Martina Th. hatte sich vorbereitet und wohl nicht zum ersten Mal auf diese Weise einem Manne unterworfen, und auch Z. war kein heuriger Hase in diesem Metier. Was also war da schiefgelaufen?

»Nichts lief da schief. Ich habe die üblichen Knoten und Verknüpfungen gemacht, auch am Hals, und dann forderte sie mich auf, zu ziehen. ›Etwas mehr‹, rief sie, ›fester, fester‹, als sei sie kurz vorm Orgasmus, ›noch mehr‹. Sie lag flach auf dem Bett, ich saß auf ihrem Rücken und zog an der Schnur. ›Fester.‹ Dabei war die Stimme kaum noch zu hören, weil sie bereits keine Luft mehr bekam. Dann fiel auch schon der Kopf zur Seite. Ich lockerte die Schlinge, schlug ihr mit der flachen Hand ins Gesicht, um sie aus der Bewusstlosigkeit zu holen. Doch sie reagierte nicht. Scheiße, dachte ich, und bekam Panik. Zog mich an und haute ab.«

»War sie tot?«

»Das wusste ich ja nicht. Ich war völlig kopflos, so etwas war mir noch nie passierte. Sie wollte es doch straffer und härter, und ich habe es ihr wunschgemäß besorgt. Keine Ahnung, was da passiert ist.«

»So kopflos, wie Sie behaupten, können Sie aber nicht gewesen sein, denn Sie suchten noch nach dem Geld, dem Schmuck und nach den Autoschlüsseln!« Ahlgrimm schüttelte ungläubig sein Haupt. Ihm war klar, dass Z. spätestens jetzt die Unwahrheit sagte. Was er jedoch nicht tat. Denn darauf angesprochen, plauderte er weiter.

»Nach den Schlüsseln musste ich nicht suchen. Die hatte sie in die Schale auf der Flurgarderobe geworfen, nachdem wir die Wohnung betreten hatten. Dort stand auch die Schatulle mit dem Schmuck. Und das Geld steckte, wie bei den meisten Leuten, in einer leeren Kaffeedose im Küchenschrank.«

Als würde diese Tatsache den Diebstahl in milderes Licht tauchen.

Der Staatsanwalt und Ahlgrimm schauten sich an, als Z. seine Darstellung geliefert hatte. So kann es gewesen sein. Es muss nicht so gewesen sein. Aber letztlich war es unerheblich. Denn ob die Details nun zutrafen oder ausgedacht waren: Am Ende dieser kurzen Liebesnacht war ein Mensch zu Tode gekommen, und nur darüber würde am Ende gerichtet werden. Angesichts der Schwere der Tat fiel der Diebstahl kaum noch ins Gewicht. Geld ließ sich ersetzen wie ein Auto. Ein Menschenleben nicht. Wenn's vorüber war, war es vorbei. Unwiederbringlich. Nur Katzen haben sieben Leben. Sagt der Volksmund, aber das stimmt nicht. Auch Katzen sterben nur einmal.

Egal, wie man über Martina Th. urteilte, ob man ihr nachsagte: selber Schuld, oder Verständnis für ihre vielleicht eher ungewöhnliche Neigung aufbrachte – ein solches Finale musste wahrlich nicht sein. Aber wer denkt schon daran, wenn er sich unter die Schlinge begibt? Niemand kennt die Grenzen der Lust. Und ist sie erreicht, kann es vielleicht bereits zu spät sein. Nicht grundlos nennen die Franzosen den Orgasmus »La Petit mort«, der kleine Tod …

Am 3. Oktober 1990 sollte die Gesamtberliner Gerichtsorganisation neu strukturiert werden. Die elf Berliner Stadtbezirksgerichte im Ostteil wurden abgeschafft und – entsprechend dem Gesetz über die künftige Zuständigkeit der Berliner Gerichte, das bereits eine Woche zuvor der Senat verabschiedet hatte – als Zweigstellen der sieben Amtsgerichte in Westberlin weitergeführt. In Erwartung dieser Veränderungen hatte der Staatsanwalt auf eine baldige Verurteilung von Jochen Z. noch unter der DDR-Justiz gedrängt. Die Vermutung war nicht aus der Luft gegriffen, dass sich Z., wie andere Untersuchungshäftlinge auch, sich mit einer Legende aus der Verantwortung stehlen könnte. Anfang September besuchte etwa der Stadtrat für Inneres, Thomas Krüger, mit Journalistentross die Strafvollzugsanstalt Rummelsburg. Es ging um eine Bestandsaufnahme, denn am 3. Oktober, null Uhr, würde der Strafvollzug in der DDR in die Hoheit der Länder übergehen, in diesem Falle also in die Verantwortung des Landes Berlin. Der 31-jährige Krüger, Ex-Pfarrer, sprach mit den einsitzenden 145 Häftlingen, die sich alle zu Unrecht hier wähnten und um die Überprüfung, wenn nicht gar Aufhebung ihrer Urteile nachsuchten. Darüber berichteten anderntags die Medien ausführlich. Bernd W. zum Beispiel, der eine Haftstrafe wegen Vergewaltigung absaß, sah sich als Opfer haltloser Beschuldigungen. Ein Joachim S., verurteilt wegen versuchten Mordes, und ein Uwe K., der wegen räuberischer Erpressung inhaftiert war, machten gegenüber dem Bürgerrechtler »die Stasi« dafür verantwortlich. Die hätte die Ermittlungsakten manipuliert. Das war das gängigste Argument, das inzwischen vorgebracht wurde und worauf die (Westberliner) Richter gern eingingen.

Mitte September 1990 fand schließlich das Verfahren in der Littenstraße statt. Die Beweislage war erdrückend, außerdem lag die Aussage des Täters vor.

Das Stadtbezirksgericht verhandelte an zwei Tagen, an denen auch das Vorleben des Angeklagten zur Sprache kam. Jochen Z. war kein unbeschriebenes Blatt. Nicht zum ersten Mal hatte er sich das Vertrauen von Frauen erschlichen, um sie anschließend zu bestehlen. Der Volksmund bezeichnete solche Männer als »Heiratsschwindler«. Und letztlich hatte es Jochen Z. auch in diesem Falle darauf angelegt, die Frau zu beklauen, die ihn mit nach Hause genommen hatte. Er bestritt aktuell seinen Lebensunterhalt mit solchen Diebeszügen. Diesmal jedoch hatte es einen ungeplanten Zwischenfall gegeben, der ihn allerdings nicht davon abhielt zu klauen. Nun konnte man rätseln, ob er so abgebrüht war, dass ihn der Tod seines Opfers nicht von der Verwirklichung seiner Absicht abhielt, oder ob er annahm, dass Martina Th. nur kurzzeitig bewusstlos war, also noch lebte, und irgendwann wieder zu sich kommen würde.

Darüber spekulierte das Gericht jedoch nicht. Es nahm nur das Resultat zur Kenntnis und kam zu der

Auffassung, dass Jochen Z. den Tod von Martina Th. herbeigeführt hatte und verurteilte ihn zu zwölf Jahren wegen Totschlags. Mildernde Umstände sahen die Richter nicht. Der Staatsanwalt war zufrieden, der Verteidiger legte keinen Widerspruch ein.

Das Urteil wurde rechtskräftig und überstand das Ende der DDR.

Wie lange Z. inhaftiert war, ob sein Urteil nach dem Beitritt überprüft wurde oder vollumfänglich in Kraft blieb wie die Urteile bei anderen Gewaltverbrechern auch, all das ist unbekannt. Z. hat seine Strafe verbüßt und lebt irgendwo als normaler, unbescholtener Bundesbürger. Und das ist auch völlig in Ordnung.

Kindstod

Die Meldung schreckte auf. Und das auf jeder Ebene. Auf der politischen sowieso. Berlin wurde 750 Jahre alt. Auf das Jubiläum in der Hauptstadt durfte kein Schatten fallen. Eine Kindesentführung war ein Schatten. Gewiss, rund um die Welt wurden an jedem Tag Kinder gekidnappt, schlimm genug. Aber doch nicht bei uns! Die Führung hatte das Versprechen abgegeben, dass jeder Bürger der DDR sich geborgen und sicher fühlen dürfe, das schloss die Abwesenheit von Verbrechen und Verbrechern ein. Theoretisch. Das Leben sah wie immer ein wenig anders aus.

Auch bei uns war der Teufel los, als gegen 15 Uhr die Meldung über die 110 beim Offizier des Hauses in der Keibelstraße einging. Hauptmann Werner Arndt, die rechte Hand des Inspektionsleiters in Berlin-Mitte, handelte sofort entsprechend der in solchen Fällen üblichen Vorgaben. Er löste Großalarm aus und informierte mich als den Stellvertretenden K-Leiter und Chef der Untersuchung, zuständig für alle strafrechtlich relevanten Vorkommnisse im

Territorium. Ich war auch für die Verbindung zur Staatsanwaltschaft verantwortlich.

Schutzpolizisten, Abschnittsbevollmächtigte (ABV), Freiwillige Helfer der Volkspolizei und natürlich die Kriminalisten wurden mobilisiert, etwa hundertfünfzig Personen machten sich auf, das verschwundene Kind zu finden. Die Grenztruppen bekamen ebenfalls Nachricht, sie sollten an den Übergängen besonders aufmerksam sein. Unweit vom Ort, an dem das als vermisst gemeldete Kleinkind zum letzten Mal gesehen worden war, lag der Grenzübergang Invalidenstraße. Auch diese Möglichkeit konnte nicht ausgeschlossen werden, dass das Kind nach Westberlin verbracht werden sollte, wenn es nicht gar bereits dort war. Und natürlich bekam auch das Ministerium für Staatssicherheit diese Informationen; die Nachricht ging an die beiden Vertreter der Bezirksverwaltung, die ihr Büro in der fünften Etage unseres Hauses hatten, und an die Kreisdienststelle unweit des Hausvogteiplatzes. Das hatte allenfalls informellen Charakter, aus dem sich keine Weiterungen ergaben.

Arndt schickte die Fahndungsgruppe aus dem Kommissariat 5 – die beiden Hauptleute Günter Helm und »Tutte« Lehmann sowie Oberleutnant Peter Krüger – ins Revier 14. Die dortige Revierkriminalstelle leitete Hartmut Barbick, Hauptmann der K, ein umsichtiger und kompetenter Mann, ich schätzte ihn sehr. In Mitte gab es insgesamt vier

Revierkriminalstellen, für die ich zuständig war. Dazu gehörten neben jener in der Brunnenstraße das Revier 1 in der Französischen Straße, 4 in der Chausseestraße sowie 6 in unserem Hause in der Keibelstraße. Nur die Götter wussten, warum die Bezeichnungen sprangen und die Ziffern nicht der Chronologie folgten. Da solch merkwürdige Zählweisen auch beim Militär, den Grenztruppen und der Staatssicherheit Usus waren, vermutete ich, dass es sich um eine Erfindung des Großen Bruders handelte. Von dem hatten wir nicht nur das Siegenlernen übernommen, sondern auch fragliche Methoden der Tarnung.

Ich kommandierte zwei Kriminalistinnen aus dem Kommissariat 7 ins Revier, damit sie sich um die Frau – im Polizeideutsch: die Geschädigte – kümmerten, denn die Fahndung folgte dem Verdacht einer Kindesentführung und konzentrierte sich ausschließlich auf die Suche nach dem verschwundenen sechsmonatigen Jungen.

Ich nahm Kontakt zu Barbick auf, er wollte sich mit mir über die ersten Maßnahmen verständigen, was insofern überflüssig und somit unnötig war, als Hartmut erfahren und Manns genug war, diese selbst zu organisieren. Doch in einem hierarchisch strukturierten Betrieb wie dem unsrigen wollte stets die nächsthöhere Instanz laufend ins Bild gesetzt werden. Darüberhinaus existierten diverse Informationskanäle und Unterstellungsverhältnisse, die alle bedacht und berücksichtigt werden mussten.

Auch schon wegen der politischen Dimension.

Jedes Gewaltverbrechen in der Hauptstadt hatte naturgemäß eine politische Dimension, also bedurfte es des »großen Bestecks«. Wenn sich das Verbrechen schon nicht hatte verhindern lassen, so musste es sofort und unverzüglich aufgeklärt werden.

Das geschah meist unter Ausschluss der Öffentlichkeit. Die Bevölkerung wurde nur in sehr seltenen Fällen in der Presse informiert, sofern es sich nicht vermeiden ließ oder wenn deren Mitwirkung nötig wurde, um etwa Personen zu identifizieren oder wenn Zeugen gebraucht wurden. Die zurückhaltende Berichterstattung über die Tätigkeit der Kriminalpolizei, auch der VP insgesamt, war der allgemeinen Informationspolitik geschuldet. Die Erfolgsmeldungen hatte dort Vorrang. Über die Ärgernisse und Unzulänglichkeiten des Alltags las man in der Tagespresse weniger.

Dieses auffällige Missverhältnis zwischen der Wirklichkeit und deren Widerspiegelung in den Medien wurde in vielen Witzen reflektiert, die selbst in Parteiversammlungen erzählt wurden. »Kommt ein Bürger zum ABV und sagt, er wolle ausreisen. Der ABV versteht das nicht, denn ihm ist der Mann als ein bewusster Staatsbürger bekannt. ›Sie wollen der DDR den Rücken kehren? Das verstehe ich nicht. Sie als Genosse …‹ Der Mann besteht hartnäckig auf seinem Ausreiseantrag. ›Wohin?‹, fragt schließlich der ABV genervt, ›wo wollen Sie hin, Bürger?‹ Darauf sagt der Mann: ›In die DDR!‹

Der Polizist schaut ihn entgeistert an, als habe er ihn nicht richtig verstanden: ›Aber da leben Sie doch bereits.‹ Der Mann schüttelt den Kopf: Nein. Er wolle in jene DDR, über die in unseren Medien berichtet wird.«

Ich rief Barbick an. Erzähle, forderte ich ihn auf. Das war aber nicht die Ansage eines Chefs, der seinen Unterstellten examinierte, sondern ein kameradschaftliches Auskunftsersuchen. So verstand er es auch. Kompetenzgerangel war uns beiden fremd. Wir standen auf vertrautem Fuße.

Eine Frau Schafranek habe das Verschwinden ihres Kindes über den Notruf angezeigt. Sie sei in der Kaufhalle in der Tieckstraße gewesen, habe, wie üblich, vorm Eingang den Kinderwagen abgestellt und war dann kurz einkaufen. Bei ihrer Rückkehr fand sie den Wagen leer, der Junge war spurlos verschwunden. Jetzt sei sie wieder daheim.

Er habe, so Hauptmann Barbick weiter, Marianne Piech und Claudia Ruth, die beiden Kriminalistinnen aus der Keibelstraße in die Wohnung der Frau geschickt. Sie sollten sich um sie kümmern und für die weitere Fahndung eruieren: Was trägt das Kind, wie sieht es aus, gibt es Besonderheiten? Der zweite Grund des Besuches diente natürlich der Feststellung der häuslichen Verhältnisse: Wie ist die Wohnung ausgestattet? Ist sie in Ordnung oder herrschten unzumutbare Verhältnisse vor? Konnten aus den sozialen Bedingungen Schlüsse auf ein mögliches Tatmotiv gezogen werden? Am Anfang musste schließlich in alle Richtung ermittelt werden. Und vermutlich brauchte die Mutter psychologischen Beistand. Wenn einem das Kind geraubt wird, löste das in den meisten Fällen einen Schock aus.

»Die Absuche läuft also«, sagte Barbick, »achtzehn Uhr wollen wir uns zur ersten Auswertung treffen und die nächste Maßnahmen besprechen, sofern die erste Suche keine Ergebnisse bringen sollte.«

»Ich komme dazu«, sagte ich, denn Oberst Werner Gutzeit, der Chef der VP-Inspektion Mitte, würde spätestens bei der nächsten Morgenrunde minutiös Auskunft von mir haben wollen. Und ihm saß der Erste der SED-Kreisleitung im Nacken, der sich natürlich bei seinen Chefs in der Bezirksleitung als kundig und kompetent beweisen wollte. So griff denn ein Rädchen ins nächste, alle drehten sich. Drehte einer durch oder hakte es an einer Stelle, konnte die gesamte Maschinerie ins Stottern geraten.

Gegen sechs fuhr ich mit dem Dienstwagen hinüber zum Revier 14.

Inzwischen hatte Leutnant der K Piech die Mutter zu uns in die Inspektion in der Keibelstraße gebracht. Schon auf den ersten Blick war mir klar, dass wir sie als erstes unserer Ärztin im Hause vorstellen mussten. Frau Schafranek war völlig aufgelöst und am Rande des Nervenzusammenbruchs. Der Verlust des Kindes hatte sie derart mitgenommen, dass sie sich unfähig zeigte, auf meine Fragen vernünftig und logisch zu reagieren. Ihre Ausführungen waren wirr, keinen Satz brachte sie korrekt zu Ende, sie sprang in der Mitte zum nächsten Thema, stammelte und stotterte, wurde von Heulattacken geschüttelt. Verstummte, schrie wieder laut …

Nur mühsam konnte ich aus den Satzfetzen filtern, dass sie Verkäuferin und ihr Mann Kraftfahrer und nach Dresden unterwegs sei, wobei ich nicht verstanden hatte, ob er noch heute zurückkommen würde oder erst morgen. Telefonisch sei er jedenfalls nicht zu erreichen, soweit hatte ich die Mittzwanzigerin verstanden.

Marianne nahm sie in ihre Obhut und ging mit ihr zur Ärztin, deren Behandlungszimmer sich in der fünften, also in der Etage über der unsrigen befand.

Das Revier 14 war ein unlängst fertiggestellter Plattenneubau an der Kreuzung Brunnen-/Invalidenstraße und stand diagonal gegenüber dem Institut für Modegestaltung. Jenes wuchtige Gebäude war um die Jahrhundertwende als Warenhaus am Weinberg errichtet worden, seit den frühen Fünfzigern machte man dort Mode. Seit Stunden regnete es, die Nässe hatte die Sandsteinfassade dunkel gefärbt. So wirkte das dominante Bauwerk noch eine Spur bedrohlicher.

Laut brandete der Verkehr von allen Seiten über die Kreuzung, Straßenbahnen quietschten um die

Ecke, nirgendwo konnte man parken. Das Revier verfügte jedoch im Innenhof über einige Stellplätze, wie ich wusste, und war mir sicher, dass ich dort ein Plätzchen finden würde. Es war schließlich bereits nach Feierabend, die Mehrzahl der Genossen, so sie nicht in die Suche nach dem vermissten Kind aktiv eingebunden waren, hatte sich schon nach Hause verflüchtigt.

Im Sitzungsraum warteten bereits etliche Personen. Manche kannte ich vom Sehen, einige mit Namen. Auch der Revierleiter war gekommen, Major Pfeiffer. Er hatte vermutlich die »Feuerzangenbowle« gesehen und benutzte den dort von Heinz Rühmann gebrauchten Spruch auch für sich, wenn er sich vorstellte: »Pfeiffer mit drei Eff.«

Ich grüßte mit Kopfnicken in die Runde. Barbick kam auf mich zu und sagte nur: »Nichts.«

Das war zu befürchten.

Dann klatschte er in die Hände und erklärte, dass wir jetzt anfangen würden. Die Zeit dränge, die Suche müsse mit Intensität weitergehen, bisher sei sie ohne greifbares Ergebnis geblieben.

»Tragen wir zusammen, was wir haben und was wir wissen. Bitte.« Er erteilte Claudia Ruth als Erste das Wort.

Während die Kriminalistin berichtete, musterte ich aufmerksam die Anwesenden. Nicht alle hatten einen Stuhl gefunden, einige lehnten an der Wand mit dieser schrecklich gemusterten Bürotapete, mit der das ganze Haus beklebt worden war. Offenkundig irgendwelche Ladenhüter, deren Abnahme der Handel oder die sogenannten Endverbraucher verweigert hatten. Von der Stirnseite grüßten die beiden Generale: der Generalsekretär und der Innenminister. So wie es die Innendienstordnung des Ministeriums vorschrieb.

»Wir haben die Mutter in ihrer Wohnung angetroffen«, berichtete die Kriminalistin aus dem Kommissariat 7, welche erst vor Kurzen von der Schule in Aschersleben zu uns in die Inspektion Mitte gekommen war. »Diese liegt gleich um die Ecke zur Kaufhalle.«

Die junge Frau mit dem Pferdeschwanz schaute in ihr Notizbuch, das sie wie ein Gebetbuch vor ihrem Bauch gehalten hatte. »In der Gartenstraße. Altbau. Deckenhöhe dreimetersechzig.«

Ringsum wurde gestöhnt. Vermutlich waren das die Mieter ähnlicher Wohnungen, die wussten, wie viel Kohle dort aus dem Keller im Winter hinaufzutragen waren, um die riesigen Räume zu beheizen. Ich kannte das, ich wohnte selbst in einer solchen im Prenzlauer Berg.

»Die Wohnung war aufgeräumt, sehr bescheiden eingerichtet, aber sauber und ordentlich. Mit einem eigenen Zimmer für den Jungen.«

»Gibt es Geschwister?«, fragte einer aus der Runde.

Leutnant Ruth schüttelte den Kopf. »Wir haben nur ein Bettchen gesehen. – Nichts deutete darauf hin, dass das Kind vernachlässig worden wäre, was man als Indiz dafür nehmen könnte, dass es nicht gewollt ist oder als lästig empfunden würde. Nein, alle Indizien deuten auf einen liebevollen Umgang hin. Und der Zustand der Mutter spricht für sich.«

Hm, warf einer ein, die Verstörung der Mutter könne man so und auch so interpretieren.

»Wie meinst du das?«, hakte Barbick ein.

»Na, es kann so gewesen sein, wie die Mutter es uns geschildert hat: Sie kommt aus der Kaufhalle und das Kind ist weg. Sie ruft völlig entsetzt aus dem Büro der Kaufstellenleiterin die 110 an. Wir schließen sofort auf Kindesentführung, weil sie es uns so dargestellt hat. Ja, stimmt, wir haben schon Fälle gehabt, wo Frauen, die ihr Kind durch Fehl- oder Totgeburt verloren hatten, sich auf diese Weise ›Ersatz‹ besorgten. Häufiger kam vor, dass Kinderwagen geklaut oder in Hausfluren angesteckt wurden. Aber das trifft in unserem Fall nicht zu. Hier ist ein Kind verschwunden, und wir nehmen gleich an, es sei gestohlen, also entführt worden. Weil es die Mutter behauptet hat.«

Wieso er auf solche Gedanken käme, erkundigte sich einer bei Hauptmann »Tutte« Lehmann, von dem ich nicht wusste, wie er zu seinem Spitzennamen gekommen war. Vom Vornamen konnte der nicht abgeleitet worden sein. Lehmann hieß Horst. Wieso zweifle er an einer Entführung, fragte einer aus der Runde.

»Naja, ich habe aus Prinzip etwas gegen diesen Begriff. Entführungen erfolgen doch in der Regel zum Zwecke der Erpressung. Wann jemals ist in der DDR ein Säugling oder Kleinkind gekidnappt und die Eltern erpresst worden? Mir ist kein Fall bekannt«, sagte »Tutte«. Aber nicht nur aus diesem Grunde sei er skeptisch.

»Was nicht heißt, dass es keine Entführung sein könnte«, warf Barbick ein.

Lehmann nickte. »Das stelle ich nicht in Zweifel. Ja, und ich kenne auch den Fall in Dresden. Für die jüngeren Kollegen: Dort war 1984 ein fünfmonatiger Säugling zwischen Weihnachten und Silvester gestohlen worden. Die Eltern hatten den Kinderwagen zwischen andere Wagen am Eingang des Centrum-Warenhauses abgestellt, weil alle Plätze in der Kinderbetreuung des Kaufhauses belegt waren. Als sie nach einer halben Stunde vom Einkaufsbummel zurückkamen, war ihr Felix weg. Das löste die größte Suchaktion in Dresden aus, die es jemals dort gegeben hatte.«

Ich erinnerte mich. Auch an die widerlichen Begleiterscheinungen.

Eine Woche nach dem Verschwinden von Felix hatte man ein krankes Kind in Dresden-Neustadt entdeckt. Der etwa einjährige Junge lag in einem Flur in einem Karton mit kyrillischen Zeichen, wies einige Operationsnarben auf, deren Charakter, wie die Gerichtsmediziner urteilten, auf eine Behandlung in einem sowjetischen Militärlazarett deuteten, zumal dem Kind die üblichen Impfspuren fehlten. In der DDR bestand seit 1953 eine gesetzliche Impfpflicht. Neben den Pocken wurde unter anderem gegen Diphtherie, Keuchhusten, Wundstarrkrampf, Kinderlähmung und Tuberkulose vorgegangen. Ab 1970 war auch die Impfung gegen Masern Pflicht. Ohne die entsprechenden Einträge im Impfausweis wurde das Kind weder in der Krippe noch im Kindergarten aufgenommen. Und auch bei der Schulaufnahme mussten die Eltern das Papier vorlegen. Wer sein Kind von der Pflichtimpfung vorsätzlich oder fahrlässig fernhielt, bekam eine Ordnungsstrafe zwischen zehn und fünfhundert Mark aufgebrummt. Schon in der ersten Lebenswoche gab es die BCG-Impfung, es folgten im zweiten Monat die erste von insgesamt drei Polio-Schluckimpfungen und so weiter. Bis zur Vollendung des ersten Lebensjahres wurde mindestens sechs Mal gepiekst und geschluckt. Das schrieb der Impfkalender vor, der seit 1984 als Rechtsvorschrift galt. Jenes Kind aber hatte keine kreisrunden Pockennarben auf dem Oberarm, weshalb man schloss, es könne sich um kein DDR-Kind handeln.

Wegen des Kartonaufdrucks, der fehlenden Impfnarben und weil Zeugen bei den Kinderwagen am Kaufhaus eine angeblich russisch aussehende Frau gesehen haben wollten, machte rasch das Gerücht die Runde, dass der gestohlene Felix gegen einen kranken Jungen aus einer sowjetischen Militärfamilie getauscht worden sein könnte. Die Russen hätten nicht mit einem kranken Kind in die Sowjetunion zurückkehren wollen.

Es fanden sich für diese Unterstellung keinerlei Hinweise oder gar Belege, vermutlich hatte das Verschwinden des einen Jungen mit dem Auffinden des anderen überhaupt nichts zu tun, die zeitliche Nähe war gewiss zufällig. Felix wurde nie gefunden, das Findelkind kam in eine Pflegefamilie. Aber die Gerüchteküche brodelte und bediente Ressentiments.

Ich meldete mich zu Wort. »Sag mal, Tutte, was lässt dich an der Darstellung der Mutter zweifeln?«

»Kennst du die Kaufhalle? Nein. Die steht leicht erhöht, man muss die Kinderwagen unten an der Treppe auf einem gepflasterten Platz abstellen. Sie habe, sagte mir die Verkaufsstellenleiterin, in der fraglichen Zeit aus ihrem Bürofenster keinen Kinderwagen dort stehen sehen. Außerdem hatte es zu regnen begonnen. Das heißt, es hätte der Platz, auf dem der Kinderwagen gestanden haben sollte, wenn nicht trocken, aber doch nicht so durchnässt gewesen sein dürfen wie die Fläche ringsum.«

Das ist logisch, reagierte Barbick. »Du hast mit der Kaufhallenchefin gesprochen?«

»Ja, ausführlich«, meldete sich jetzt auch Hauptmann der K Günter Helm zu Wort. »Sie hat sich natürlich erst um die Mutter gekümmert, die aufgeregt in ihr Büro gestürmt kam, um zu telefonieren. Erst hinterher, nachdem sie gegangen war, hat sie auf den Vorplatz geschaut, und da war eben alles gleichmäßig nass. Da sei ihr auch die unbewusst gemachte Beobachtung, keinen Wagen gesehen zu haben, klar geworden.«

Der lebhafte Diskurs schien irgendwie die Fantasie aller zu beflügeln, weshalb Hauptmann Barbick meinte bremsen zu müssen. Es gebe keinen Anlass, aus dem Opfer eine Täterin zu machen. Einige Widersprüche müssten nicht gleich ihre Darstellung grundsätzlich in Frage stellen. Die Frau Schafranek stehe zweifellos unter Schock, da müsse nicht alles stimmen, was sie von sich gibt. »Oder was meinst du, Ralf?«

Ich schreckte aus meinen Gedanken auf. »Das sehe ich nicht anders. Trotzdem würde ich Tuttes Gedanken konstruktiv aufgreifen. Jemand sollte mal in der Charité und umliegenden Entbindungseinrichtungen nach Tot- und Fehlgeburten recherchieren. Die von solchen Schicksalsschlägen getroffenen Frauen befinden sich natürlich in einer psychischen Ausnahmesituation. Das medizinische Personal, die Hebammen und Geburtshelfer spüren, ob unter diesen Frauen auch welche waren, die potenziell zu einer solchen Aktion fähig sind«, warf ich ein.

»Wir sollten auch nach Frauen fragen, die wegen Kinderlosigkeit in Behandlung sind«, ergänzte Peter Krüger. »Es gibt doch etliche Paare, bei denen alle medizinischen Kunstgriffe der Befruchtung ergebnislos blieben. Ein unerfüllter Kinderwunsch kann mitunter zu Kurzschlussreaktionen führen.«

Barbick nickte. »Gute Idee. Peter, übernimmst du diesen Komplex?« Er blickte zu Oberleutnant Krüger. »Du kannst es ja erst einmal telefonisch versuchen.«

Der Leiter der Kriminaldienststelle vom Revier 14 schloss die Dienstberatung mit der Maßgabe, die Umgebung weiter intensiv abzusuchen. »Schaut in jeden Hof, jeden Keller, auf jeden Boden, hinter jede Mülltonne und in jeden Container. Dreht jeden Stein um. Grast die Kinderspielplätze und Schmuddelecken ab, guckt euch leerstehende Wohnungen an. Natürlich können wir völlig irren und das Kind liegt in irgendeinem warmen Bettchen. Das heißt, diese Suche ist ganz und gar unnötig und führt zu nichts. Wir müssen jedoch in alle Richtungen ermitteln, auch in die eines Gewaltverbrechens. Wir dürfen uns nicht den Vorwurf einhandeln, wir hätten unterlassen, das Areal akribisch abzusuchen. Was ist, wenn Halbwüchsige sich einen Jux gemacht und das Kind versteckt haben? Und wir sollten nach Zeugen suchen: in der Kaufhalle, in der Nachbarschaft, im Umfeld …

Ist zur Zeit jemand in Schafraneks Wohnung? Wo ist sie überhaupt im Moment?«

Die Frau sei in der Inspektion in ärztlicher Betreuung. »Ich habe aber die Wohnungsschlüssel.«

»Das ist gut«, sagte Barbick. »Ich schlage vor, dass du dort wartest. Irgendwann wird der Mann kommen oder vielleicht ein anderer Familienangehöriger.«

»Ob es Familie gibt, haben wir in der kurzen Befragung nicht in Erfahrungen bringen können«, ergänzte ich. »Aber sie hat angedeutet, dass ihr Mann Kraftfahrer bei einer Spedition sei. Schon möglich, dass er irgendwann zu Hause aufkreuzt. Ich bin auch dafür, dass Leutnant Ruth in der Wohnung Stellung bezieht.«

Die Truppe löste sich auf, die Polizisten gingen auseinander und zu ihren Einsatzorten und -gruppen. Ich kehrte zurück in die Keibelstraße. Inzwischen hatte der Regen noch zugenommen, dicke graue Wolken verdunkelten den Himmel, von Abenddämmerung keine Spur. Menschen eilten mit Regenschirmen auf den Bürgersteigen dahin, nichts war anders als an anderen Tagen. Und irgendwo barmte eine Mutter um ihr verloren gegangenes Kind, ohne dass die Welt es zur Kenntnis nahm. So war das immer. In letzter Konsequenz blieb jedes Opfer am Ende stets allein, Leid ließ sich nicht teilen oder wurde dadurch geringer, dass andere davon Kenntnis nahmen. Und wenn ich mich selbst beobachtete und mal neben mich trat, so musste ich mir eingestehen, dass mich das Schicksal anderer zwar betroffen machte, dass ich davon berührt würde, doch letztlich blieb eine Distanz, weil ich mein Mitleid zwangsläufig dosieren musste. Andernfalls bliebe ich auf der Strecke und schaffte es nicht bis zur Rente. Meine Mitleidensfähigkeit blieb darum überschaubar.

Während ich aufs Gaspedal trat und durch Pfützen fegte, formte sich mein Entschluss. Die vorgetragenen Zweifel bei der Dienstberatung hatten mich nachdenklich werden lassen. Ich konnte nicht sagen, was konkret mich verunsicherte, die aktuelle Datenlage war dürftig. Doch mein Bauchgefühl sagte mir, dass etwas nicht stimmte. Nur was? Das verriet mir mein Bauch nicht.

In der Inspektion erwartete mich Marianne Piech in meinem Büro. Die junge Mutter saß neben ihr, allerdings merklich ruhiger als vorhin. Die Ärztin hatte ihr offensichtlich etwas gegeben, um das Nervenflattern zu unterdrücken.

»Können wir sprechen?«

Die Frau schwieg. Marianne antwortete für sie. »Ja, ich denke schon.«

Ich schaute Frau Schafranek ins blasse Gesicht. Das wurde von einem dunklen Pony umrahmt, den sie sich wohl bei Mireille Mathieu abgeschaut hatte. Mit der Französin schien sie auch die Größe zu teilen. Sie war klein und zierlich, aus dem schmalen Gesicht ragte eine Stupsnase hervor, der Mund darunter war um einiges zu breit. Aber die Lippen hatten sanfte, sinnliche Kurven. Die verheulten Augen waren sichtlich gerötet.

Die ganze zerbrechliche Erscheinung weckte in mir Mitleid.

»Frau Schafranek, können wir reden? Wir müssen da noch einige Fragen klären.«

Sie schniefte.

»Ich deute das mal als ein Ja.«

Marianne Piech schaute mich an. Ob sie bleiben solle, erkundigte sie sich. Natürlich, sagte ich, ich werde sie gewiss noch brauchen.

Erneut setzte ich an. »Sie waren also mit dem Kinderwagen in der Kaufhalle in der Tieckstraße?«

Sie nickte.

»Und als sie vom Einkauf zurückkamen, war ihr Junge weg, der Kinderwagen leer.«

Das habe sie doch schon alles erklärt, entgegnete sie. Mehr könne sie auch nicht sagen.

Ich machte eine wegwerfende Handbewegung, als wischte ich ihren Einwurf beiseite, und setzte ungerührt fort. »Und nachdem Sie telefonisch Anzeige erstattet haben, sind Sie mit dem leeren Wagen zurück in Ihre Wohnung gefahren. Sollten Sie nicht in der Kaufhalle auf die Polizei warten? Das war schließlich der Tatort.«

Sie zögerte mit der Antwort. »Der Mann am Telefon hat so etwas gesagt, ja. Aber ich war zu unruhig, habe es dort nicht ausgehalten. Außerdem hat es geregnet, der Wagen sollte nicht nass werden, da hätte ich mir wieder etwas anhören können … Ich bin gegangen. Ist das schlimm?«

Es gebe Schlimmeres, sagte ich, und griff nach dem unvollendeten Nebensatz. »Sie hätten sich wieder etwas anhören müssen … Was meinen Sie damit? Von wem hätten Sie sich was anhören müssen, Frau Schafranek?«

»Das gehört nicht hierher«, reagierte sie abweisend, geradezu trotzig.

»Wieso nicht?«

»Das sind Familiengeschichten.«

Nun reagierte ich ungehalten. »Hören Sie: Ein Teil dieser Familie, Ihr Kind, ist verschwunden. Da sind alle Familiengeschichten von Belang.«

Sie schniefte erneut. Marianne Piech reichte ihr ein Papiertaschentuch, nachdem die Frau vergeblich in ihrer Hosentasche nach einem unbenutzten Tuch gegraben hatte. Sie griff dankbar danach, schneuzte sich ausgiebig und lang, als wolle sie Zeit gewinnen. Zweifellos scheute sie die Antwort.

Ich wiederholte: »Von wem hätten Sie sich etwas anhören müssen, wenn Sie mit einem nassen Kinderwagen nach Hause gekommen wären? Und *was* hätten Sie zu hören bekommen?»

»Mein Mann hätte ein Fass aufgemacht«, sagte sie kurz.

»Der war doch aber gar nicht da.«

»Irgendwann wird er heute Abend von der Tour schon noch kommen.«

»Und dann hätte er als Erstes nach dem Kinderwagen gegriffen und Ihnen Vorhaltungen gemacht, weil das Verdeck nass ist?«

»So ungefähr.«

»Frau Schafranek: Das ist doch Blödsinn, was Sie da erzählen.« Meine Entrüstung musste ich nicht spielen. Sie war echt. »Haben Sie Angst vor Ihrem Mann? Schlägt er Sie, neigt er zur Gewalt? Ist er jähzornig?«

Sie schüttelte heftig ihren Kopf. Dann schrie sie unvermittelt: »Suchen Sie lieber mein Kind statt solche Fragen zu stellen. Die bringen mir mein Kind nicht zurück!«

Dieser Gefühlsausbruch erschien mir keineswegs ungewöhnlich, trotzdem war ich überzeugt, dass ich damit einen heiklen Punkt berührt hatte und setzte, scheinbar ungerührt, nach.

»Wovor fürchten Sie sich?«

»Ich fürchte mich nicht.«

»Sie haben Angst vor Ihrem Mann.«

Sie schniefte wieder und flüchtete sich in Tränen. Von Leutnant Piech kam ein tadelnder Blick. Ich tat, als sähe ich ihn nicht.

»Frau Schafranek, ich möchte Sie doch nur verstehen. Helfen Sie mir, bitte.« Ich wechselte den Angriffsmodus und schaltete ein wenig zurück.

»Mein Mann ist gut«, sagte sie nach einer Weile, »er ist ein guter Ehemann und Vater.« Es schloss sich eine Pause an.

War's das, oder kam da noch etwas?

»Aber?«, fragte ich nach einer Weile.

Sie wiederholte. »Ein guter Vater. *Sie* ist die Hexe.«

»Wer ist ›sie‹? Hat er eine Freundin?«

Ein gequältes Lachen bahnte sich ins Freie.

»Nicht?«

»Mein Mann geht nicht fremd.«

»Dann verraten Sie mir doch bitte, wen Sie für eine Hexe halten.«

»Seine Mutter«, entfuhr es ihr plötzlich. »Meine Schwiegermutter. Nie ist ihr etwas recht, alles ist falsch, was ich mache. Das fing schon an, als wir uns kennenlernten. Ich war vom ersten Tag ihr Feind, weil ich ihren geliebten Klausi ihr wegnahm. Sie war schlimmer als eine Glucke. Und als unser Kind kam, nahm das noch zu. Alles machte ich falsch. Ich stillte nicht richtig, aß das falsche Zeug, was angeblich nicht gut für die Milch sei, zog das Kind mal zu dünn, mal zu dick an, kümmerte mich zu wenig um den Jungen, ließ ihn zu oft und zu lange allein und so weiter. Sie war nur am Meckern.«

Hm, machte ich. Dass die Verhältnisse zwischen Schwiegermüttern und Schwiegertöchtern mitunter nicht frei von Spannungen seien, wäre nichts Besonders. Das komme in den besten Familien vor. Manche Mütter wären in ihrem Zweitberuf Oberlehrer, und zwar ziemlich strenge. Die verbale Prügelstrafe sei dort keineswegs abgeschafft.

Ich versuchte einzulenken. »Nun ja, das ist ärgerlich. Aber Sie haben doch Ihren Mann. Verteidigt er Sie nicht, nimmt er sie nicht vor seiner Mutter in Schutz?«

Sie schluchzte. »Wenn er's doch täte. Nein, er stößt ins gleiche Horn.«

»Warum hat er Sie dann geheiratet.«

»Weil er mich geliebt hat.«

»Und nun nicht mehr?«

»Doch. Aber seit der Junge da ist, plappert er alles nach, was seine Mutter vorbringt. Ich könne nicht mit unserem Kind umgehen, sei überfordert, vernachlässige es. Mit einem Wort: Ich bin eine schlechte, eine Rabenmutter.«

Dieses Schimpfwort kannte ich. Aber es war falsch wie so manch andere Metapher, die Luther in die Welt gesetzt hatte. Die Rabenjungen verließen oft sehr früh, noch bevor sie fliegen konnten, das elterliche Nest und stolperten sehr unbeholfen über den Boden, woraus der irrtümliche Schluss abgeleitet worden war, die Rabeneltern hätten ihre Jungen sich selbst überlassen – was jedoch nicht zutraf. Jeder Ornithologe bestätigte, dass sich Raben nicht weniger fürsorglich um ihren Nachwuchs kümmerten als andere Tiereltern.

Ich nickte verständnisvoll. »Und Sie hatten nun Angst, dass Ihnen, kämen Sie mit nassem Kinderwagen nach Hause, das einmal mehr als Versagen ausgelegt worden wäre?«

Sie nickte.

»Nun war aber der Junge weg. Das ist, vorsichtig formuliert, weitaus schrecklicher als ein regennasses Kinderwagenverdeck …«

Ein neuerlicher Heulkrampf war die Folge. Ließ die Wirkung der Beruhigungsspritze nach?

Ich zog die Achsel hoch, als sich mein und der Blick von Marianne Piech trafen. Sie schaute vorwurfsvoll, offenkundig missfiel ihr meine Frageweise.

Ich ließ die Frau weinen, Marianne reichte erneut ein Papiertaschentuch. Auch wenn »Kriepa« auf der Verpackung stand, sagten alle »Tempo«. So hieß die Marke im Westen, die es seit den zwanziger Jahren gab. Und auch die Tücher aus dem VEB Papierfabrik Kriebstein nannte man so. Niemand sagte: Gib mir mal ein Kriepa, immer hieß es auch bei uns: Gib mir mal 'n Tempotaschentuch.

»Frau Schafranek«, hob ich nach der Verschnaufpause wieder an. »Haben Sie Freunde oder Verwandte, die eventuell Ihr Kind aus dem Wagen genommen haben könnten, als es zu regnen anfing?«

»Wer macht denn so was?«, entrüstete sie sich. »Das ist doch absurd. Aber um die Frage zu beantworten: Nein, wir haben in Berlin keine Verwandten. Bis auf die Hexe von Schwiegermutter.«

»Und Freunde?«

Ihre Haare flogen um den Kopf. »Klaus ist auf Achse und ich bin im Babyjahr.«

»Trotzdem kann man doch Freunde und Bekannte haben.«

»Nein, wir genügen uns selbst.«

»Also diese Möglichkeit würden Sie kategorisch ausschließen wollen?«

»Absolut.«

»Und Ihrer Schwiegermutter oder Ihrem Mann trauen Sie nicht zu, dass sie oder er oder beide zusammen Ihren Jungen vor der Kaufhalle aus dem Wagen genommen haben könnten?«

»Nein. Sie wussten doch überhaupt nicht, dass ich einkaufen war. Außerdem war mein Mann auf Achse, wie ich schon sagte. Er müsste bald zurück sein. Fragen Sie ihn doch selbst.«

»Das werden wir auch. Und ihre Schwiegermutter?«

»Die konnte nur meckern. Die machte sich nicht die Finger schmutzig. Denken Sie vielleicht, die hätte auch nur einmal die vollgeschissenen Windeln gewechselt? Das bekleckerte Lätzchen gewechselt? Das war alles immer ›igittigitt‹. Ich habe mich manchmal gefragt, wer damals, als ihr Klausi noch in die Hosen gemacht hat, für sie diese Aufgabe übernommen hat. Nein, wenn sie unseren Jungen entführt hätte, wäre das für sie zum Problem geworden. Ich schließe das völlig aus.« Wie zur Bekräftigung nickte sie mehrmals mit dem Kopf.

Das Telefon läutete plötzlich. Ich schaute auf die Uhr, es ging bereits auf neun zu, und nahm den Hörer ab. Schweigend hörte ich mir an, was Barbick mitteilte und legte nach einem kurzen »Danke« auf.

»Frau Schafranek, machen wir heute Schluss.«

»Kann ich nach Hause?«

»Nein. Ich nehme Sie in Untersuchungshaft.«

Mich trafen zwei entsetzte Blicke, oder sagen wir: Der Blick von Marianne Piech ging eher in die Richtung Überraschung und Unverständnis.

»Warum das? Wieso sperren Sie mich ein?« Frau Schafranek war konsterniert.

»Ich sperre Sie nicht ein, sondern Sie bleiben in unserer Obhut. Zumindest zeitweise. Es besteht nämlich der Verdacht der Flucht- und Verdunklungsgefahr«, erklärte ich.

»Wie bitte? Wohin sollte ich fliehen, und vor allem: warum? Und was heißt Verdunklungsgefahr?« Die junge Frau verstand die Welt nicht mehr. Auch in Marianne Piechs Gesicht stand deutlich ein Fragezeichen. Für sie bedeutete meine Maßgabe offenkundig eine jähe Wendung aller bisherigen Überlegungen.

Was aber keineswegs der Fall war. Bereits vor der Vernehmung hatte meine Entscheidung festgestanden. Barbicks Anruf hatte darauf keinen Einfluss, allenfalls hatte er mich darin unbewusst bestätigt.

»Genossin Leutnant, bringen Sie bitte Frau Schafranek hinüber und vergessen Sie nicht die Pillen, die die Ärztin vor der Nacht einzunehmen empfohlen hat. Ich meine natürlich nicht Sie, sondern Sie.« Ich wies auf Frau Schafranek. »Wir sprechen morgen weiter. Trotz allem: Ich wünsche Ihnen eine Gute Nacht.«

War das bereits zynisch? Wie konnte man jemand im Knast eine Gute Nacht wünschen? Keine Nacht hinter Gittern ist eine gute Nacht. Allenfalls jene vor der Entlassung. Von der man weiß, dass es die letzte auf der harten Pritsche sein würde. In wenigen Stunden kam man frei … Vor allem Untersuchungshäftlinge bekamen in der ersten Nacht kein Auge zu. Sie zermarterten sich das Hirn: warum, wieso, weshalb? Was mache ich hier, und wie komme ich wieder raus? Frau Schafranek würde es nicht anders ergehen. Zumal sie wusste, was ich jetzt von Barbick erfahren hatte. Nun ja, sie bekam ja ihre Beruhigungs- und Schlaftabletten, damit würde sie die nächsten Stunden durchstehen.

Als die beiden gegangen waren, griff ich zu meiner Juwel. Die Zigarette hatte ich bitter nötig. Nicht wegen des Verlaufs des soeben geführten Gesprächs, sondern wegen Anrufs. Irgendwie schien ich es geahnt zu haben, und dennoch war ich erschüttert. Das war wie beim Ableben eines nahestehenden Menschen, dessen Ende sich schon lange angekündigt hatte, weil er siech auf dem Sterbebett lag und Besserung ausgeschlossen war. Starb er, haute es einem dennoch die Beine weg, es schmerzte und trübte den Blick. O Gott, sagte man, warum er und warum jetzt – wohl wissend, dass es für ihn eine Erlösung bedeutete, denn dass Davor war kein Leben mehr, und auch für die Zurückbleibenden bedeutete das Ende des Martyriums eine Erleichterung: Sie waren fortan von der täglichen Sorge und Last befreit.

Doch in diesem Falle traf das alles nicht zu. Im Gegenteil. Das Ungemach begann jetzt. Richtiger Ärger. Da war ich mir sicher.

Ich griff zum Hörer und wählte die Nummer des Inspektionsleiters. Werner Gutzeit saß, wie erwartet, noch in seinem Büro.

»Kann ich mal rumkommen, Genosse Oberst?«

»Gibt es was Neues von der Kindesentführung?«

»Genau das.«

»Na, dann flinke Füße …« Gutzeit hatte bereits aufgelegt, ehe ich noch eine Ergänzung nachlegen konnte.

Das war typisch. Der Chef beherrschte die Ökonomie der Rede. Kein Wort zu viel. Es genüge, hatte er mal gesagt, wenn andere auf Versammlungen und Beratungen ihren Kollegen die Zeit klauten. Er hasste die Schwafler und Vielredner, die eitlen Selbstdarsteller, die jede Gelegenheit nutzten, um sich zu präsentieren. Die meinten, jeder erwarte auch ihren Senf. Gutzeit kannte seine Pappenheimer im Hause, welche sich gern reden hörten. Es gab sie auf allen Ebenen. Gutzeit war das Gegenmodell zu ihnen. Mancher nannte ihn darum wortkarg. Was nicht zutraf: Gutzeit konnte in kleiner oder größerer Runde durchaus launig unterhalten, wenn ihm danach war. Aber ihm war nicht immer danach. Vor allem nicht bei Dienstbesprechungen. Dort beschränkte er sich aufs Wesentliche. Diese Haltung schätzte ich durchaus.

Ich klopfte an seine Bürotür und wartete nicht auf ein »Herein«, weil es garantiert nicht kommen würde. Selbst solche Floskeln hatte Gutzeit aus seinem Wortspeicher verabschiedet. Doch die Höflichkeit trug mir auf, meinen Eintritt auf diese Weise anzukündigen. Ich konnte schließlich, wie man so sagte, nicht mit der Tür nicht ins Haus fallen, auch wenn ich erwartet wurde und die Tür für mich im übertragenen Sinne offenstand.

Der Oberst saß ohne Uniformjacke hinterm Schreibtisch, er hatte die Hemdsärmel aufgekrempelt, was gegen die Dienstvorschrift verstieß. Die Kleiderordnung des MdI schrieb genau vor, was man wo und wie zu tragen hatte, Spielraum sah sie nicht vor. Man nahm ihn sich eben. Um diese Stunde, lange nach Dienstschluss, kam niemand mehr zum Inspektionsleiter von Berlin-Mitte. Und Bildtelefone gab es hier noch nicht: Selbst wenn Gutzeit in Unterwäsche auf seinem Dienststuhl sitzen würde, bekäme das kein Vorgesetzter bei einem Anruf mit.

Mit umgeschlagenen Hemdsärmeln und zwei geöffneten Knöpfen am Diensthemd, eingehüllt in eine Qualmwolke, studierte Gutzeit irgendwelche Akten. Ohne den Blick zu heben, sagte er, als ich ins Büro trat: »Komm rein.« Die Aufforderung war insofern unnötig und verstieß gegen seine bewusste Sparsamkeit an Worten, als ich bereits im Zimmer war. »Setz dich.«

Er löste, als ich mich auf dem Stuhl vor seinem Schreibtisch niedergelassen hatte, seinen Blick von den vor ihm liegenden Unterlagen. »Sehr interessant. Wirklich sehr interessant«, sagte er. »Doch was für ein dummes Zeug.«

Ich wusste nicht, was er meinte. Schließlich konnte ich nicht erkennen, was er gerade studierte. Auch ohne dass ich fragen musste, schob er die Erklärung nach.

Ob ich wisse, dass es seit sieben Jahren eine von der Haager Konferenz verabschiedetes Übereinkommen über die zivilrechtlichen Aspekte internationaler Kindesentführungen gebe. Die Bundesrepublik sei dem so wenig beigetreten wie wir.

»Vielleicht ist das für die DDR ohne Relevanz«, warf ich ein. »Wann werden bei uns schon mal Kinder und dann auch noch über die Grenze entführt? Und wenn Familien sich in den Westen schleusen lassen und ihre Kinder mitnehmen, gilt das ja nicht unbedingt als Entführung.«

»Mag sein. Die unterscheiden darum auch ziemlich präzise zwischen Kindesentführung, Kindesmitnahme und Kindesentzug. Wenn zum Beispiel ein ausländischer Vater sein Kind in die Heimat verbringt, ohne die Mutter zu fragen oder gar gegen deren Willen mit dem Kind ausreist, oder wenn der Vater es nach einem vereinbarten Besuch nicht wieder zurückschickt, sprechen sie bereits von einer Kindesentführung.«

»Wie viele Eltern in der DDR kommen schon aus zwei verschiedene Staaten, Genosse Oberst? Das hat für uns gewiss keine Relevanz. Und außerdem: Unsere Grenzen sind dicht.«

»Sag das nicht, mein Junge, sag das nicht.«

»Dass unsere Grenzen nicht dicht sind?«

»Nee, dass es bei uns keine gemischten Ehen gebe, die irgendwann zerbrechen und es dann heftige Auseinandersetzung um die Kinder gibt, wenn der Vater oder die Mutter wieder in ihr Heimatland zurückkehren möchte. Mit seinem oder ihrem Kind – das doch auch das Kind des Mannes oder der Frau ist. Verstehst du? Aber das müssen wir nicht vertiefen«, er schob den Papierstapel von sich und zeigte damit, dass er das Thema abgehakt hatte. »Du bringst Neuigkeiten in unserem Fall.«

Ich nickte. »Und keine erfreulichen. Oder doch. Wie man's nimmt.«

Gutzeit schaute mich fragend an. »Wie man's nimmt?«

»Nun ja, die Nachricht lässt sich positiv interpretieren – wir können die Suche beenden. Das vermisste Kind ist gefunden worden. Die Meldung ist aber zugleich auch eine schlechte: Das Kind ist tot.«

»Also doch«, entfuhr es dem Inspektionsleiter, der sich zurücklehnte und in nachdenkliches Schweigen versank. Ich unterbrach seine Gedankengänge nicht und wartete geduldig, bis er wieder ins Diesseits zurückkehrte. Das dauerte.

»Wie?«, erkundigte er sich nach einer Weile, wobei das Adverb komplexer Natur war: Es zielte nicht nur auf die Umstände und den Ort, wo das Kind entdeckt worden war.

»Hauptmann Barbick hat mich angerufen. Sie haben den Leichnam gegen acht in einer Mülltonne gefunden. Auf einem Hinterhof, nur wenige Häuser entfernt von der Wohnadresse.«

»Und Barbick ist sich sicher, dass es sich bei dem Leichnam um das vermisste Kind handelt?«

Ich schaute den Oberst irritiert an.

Er winkte ab. »Muss es ja wohl. Denn so oft passiert es gottlob bei uns nicht, dass Kinder verschwinden und dann tot in einer Mülltonne aufgefunden werden.« Nach einer Weile setzte er nach: »Und weiß man schon, *wie* der Junge starb.«

Ich schüttelte den Kopf. Das werde erst die Obduktion ergeben. Der Leichnam sei bereits in die Hannoversche Straße zur Gerichtsmedizin gebracht worden. »Wir rechnen morgen noch am Vormittag mit dem Befund. Barbick meinte jedoch, dass auf den ersten Blick keine Hinweise auf Gewalt feststellbar waren. Das Kind sei bekleidet und in ein Badetuch gewickelt gewesen.«

Werner Gutzeit zog erregt an der Zigarre. »Hast du die Mutter schon informiert?«

»Nein.«

»Warum nicht?«

»Wir ermitteln noch in alle Richtungen.«

»Das heißt?«

»Sie muss nicht nur Opfer und Leidtragende sein.«

»Du verdächtigst sie?«

»So würde ich es nicht nennen. Ich meine, dass es einige Widersprüche gibt. Aussagen von Zeugen und ihre Darstellung sind nicht identisch. Deshalb habe ich sie über Nacht in Gewahrsam genommen.«

»Du wirst schon wissen, was du tust«, sagte der Oberst. »Halte mich auf dem Laufenden.« Damit war für ihn das Gespräch beendet.

Vom Büro rief ich im Revier 14 an. Hartmut saß noch in der Brunnenstraße. Er sagte, dass inzwischen der Mann vernommen werde, Schafranek sei von seiner Tour zurückgekommen und von Leutnant Ruth in der Wohnung abgepasst und ins Revier gebracht worden. Es scheine sich so zu verhalten, wie die Frau ausgesagt habe: Er kam mit seinem Lkw aus Dresden.

»Willst du an der Befragung teilnehmen? Ich meine, wir kriegen das schon allein hin, aber vielleicht willst du dir selbst ein Bild machen. Du hast, wie ich schon hörte, auch mit der Frau gesprochen und sie in U-Haft genommen?«

»Hab ich«, antwortete ich. »Ja, ich komme. Weiß er übrigens schon, dass sein Kind tot ist?«

Barbicks Antwort kam schnell. Ich hatte keine andere erwartet. »Wir haben ihn zur Klärung eines Sachverhalts ins Revier gebracht.«

Eine Viertelstunde später saß ich in einem Vernehmungszimmer in der Brunnenstraße. Schafranek, ein großgewachsener, hagerer Mann mit schulterlangem Haar, lümmelte erkennbar müde auf seinem Stuhl, vor sich eine Tasse Kaffee. Die Anwesenheit mehrerer Personen im Raum schien ihn zu verunsichern, entsprechend gereizt kamen seine Auskünfte. Ja, er käme aus Dresden, nein, er habe seine Frau heute noch nicht gesehen oder gesprochen. Sie hätte noch geschlafen, als er morgens gegen vier aufgestanden sei. Er fuhr deshalb vor der Zeit auf den Packhof des Betriebes, weil er beim Beladen dabei sein wollte. Die Idioten im Vertrieb könnten noch immer nicht im W 50 die Paletten ordentlich verstauen, stapeln und festzurren, begründete er den frühen Start. Erst unlängst sei er auf halber Strecke liegengeblieben, weil die Ladung sich selbstständig zu machen drohte. Schafranek wurde etwas laut, offensichtlich neigte er zu cholerischen Ausbrüchen, wie mir schien.

»Warum bin ich überhaupt hier? Was für einen ›Sachverhalt‹ soll ich klären?«

Hauptmann Barbick überging diese Frage. Er ging mit keiner Silbe auf sie ein und erkundigte sich stattdessen nach Schafraneks Frau, im weitesten Sinne nach seiner Familie, nach Verwandten und Freunden.

»Seit wann sind Sie verheiratet?«

»Seit drei Jahren. Wir mussten.«

»Wieso mussten? Niemand muss heutzutage noch heiraten, wenn ein Kind unterwegs ist. Eheähnliche Partnerschaften sind vor dem Gesetz gleich.«

»Ich bin da ein wenig konservativ. Wie meine Mutter. Ein Kind braucht seinen Vater. Einen richtigen. So mit Trauschein und Standesamt. Eine wilde Ehe kam für mich nie in Frage.«

»Aber Ihr Junge ist doch erst ein halbes Jahr alt«, sagte ich. »Wenn sie bereits vor Jahren geheiratet haben …«

Schafranek nickte. »Er ist unser zweites Kind. Das erste damals war eine Fehlgeburt. Im vierten Monat, kurz nach der Hochzeit.«

Oh, entfuhr es mir, das tue mir leid.

Das müsse es nicht, erklärte der Kraftfahrer, der plötzlich hellwach wirkte. Von der Müdigkeit eines langen Arbeitstages war nichts mehr zu spüren. »Das war allein ihre Schuld«, rief er erregt. »Sie musste ja unbedingt zum Schwoof ins Ballhaus Berlin.«

»Vorn in der Chausseestraße«, ergänzte Hauptmann Helm, »das ist doch bei Ihnen fast um die Ecke. Da hatten Sie es ja nicht so weit.«

»Es ist doch nicht auf dem Weg dorthin passiert. Sie hat sich verhalten wie ein pubertierender Teenager. Geraucht, getanzt, getrunken, ohne jedes Maß.«

Schafranek machte eine Pause. »War alles zu viel.«

In der Nacht hätten starke Blutungen eingesetzt. Er habe die Schnelle Medizinische Hilfe angerufen, die SMH sei auch gleich gekommen und dennoch zu spät. Das Kind sei abgegangen, haben sie in der Charité festgestellt und vorsichtshalber die Gebärmutter ausgeschabt. »Ich war sauer und meine Mutter erst recht. Auf leichtfertige Weise hatte meine Frau unser Kind verloren. Das war unverzeihlich.«

»Haben Sie Ihrer Frau das vorgehalten?«

»Selbstverständlich. Schließlich war sie schwanger, nicht ich. Sie hätte stärker Rücksicht auf unser Kind nehmen müssen.«

»Aber, mit Verlaub«, Barbick ging dazwischen, »Sie waren doch mit ihrer Frau gemeinsam zum Tanzen. Sie hätten, wenn Sie meinten, die Aufregung sei einer werdenden Mutter nicht zuzumuten, durchaus mäßigend auf Ihre Frau einwirken oder sich den Besuch des Ballhauses überhaupt versagen können?«

»Wir sind ja noch keine Rentner«, knurrte Schafranek. »Wir werden noch lange genug auf dem Sofa sitzen.«

»Das heißt: Auch Sie wollten einen unterhaltsamen Tanzabend haben, sich vergnügen und zerstreuen – was legitim ist. Warum machen Sie aber Ihrer Frau einen Vorwurf, wenn sie den Wunsch mit Ihnen teilte?«

»Noch mal: Sie war schwanger, nicht ich.«

Ich schaltete mich wieder ein. »Ihre Frau wurde schon bald wieder schwanger, sie bekam einen Jungen.«

Schafraneks Gesicht legte sich in freundliche Falten. »Gott sei Dank.«

»Und sprachen Sie noch weiter über die alte Geschichte?«

»Sie meinen die Fehlgeburt?« Er wandte sich mir zu. Ich saß rechts von ihm, unter Honecker und Dickel. Die beiden Männer auf den Fotos schauten in eine unbestimmte Ferne.

Ich nickte.

»Nein. Das Thema war abgehakt, aber ...« Er verstummte.

»Was ›aber‹?«, fragte Harmut Barbick.

Schafranek drehte Kopf und Oberkörper zum Hauptmann. »Natürlich stand es immer zwischen uns, auch wenn wir darüber nicht mehr sprachen. Ich verfolgte aufmerksam, wie sie mit unserem Jungen umging, wie sie ihn wickelte, wie sie ihn stillte, wie sie sich mit ihm beschäftigte ...«

»Sie waren doch nicht immer da.«

»Aber meine Mutter. Sie kam oft vorbei, wenn ich unterwegs war, und schaute nach dem Rechten.«

»Und Ihre Frau besorgte alles zu Ihrer Zufriedenheit?«

Schafranek druckste ein wenig. »Eigentlich nicht. Vor allem wenn meine Mutter da war, machte sie nur Mist. Ich konnte mir anschließend die Litanei anhören, was meine Frau den ganzen Tag über alles falsch gemacht hatte. Ich kann Ihnen versichern, dass die Liste lang war.«

»Und Sie glaubten Ihrer Mutter? Sie teilten deren Einschätzung?«

Barbick traf ein Blick der Entrüstung, das sah ich selbst von meinem Platz.

»Es ist meine Mutter! Sie ist eine Autorität. An ihrem Urteil gibt es nichts auszusetzen. Ich merkte doch auch bald, dass meine Frau schluderte. Das Fläschchen war zu kalt, wenn sie zufütterte, sie zog die Wegwerfwindeln den guten Baumwollwindeln vor, die ihr meine Mutter besorgt hatte. Das musste bei ihr immer alles huschhusch gehen. Windeln zu kochen machte Arbeit, die Papierwindel warf man in den Müll. Die Quittung folgte auf dem Fuß: ein wunder Hintern. Und dann schrie der Junge vor Schmerzen Tag und Nacht. Ich kriegte kein Auge zu.«

Hauptmann Helm konnte ein Grinsen kaum unterdrücken. »Zu meiner Zeit gab es nur Baumwollwindeln, und ich musste trotzdem gepudert und gesalbt werden, weil ich wund war und nächtelang gebrüllt habe. Zumindest hat mir meine Mutter das später erzählt.«

Hauptmann Barbick knurrte. »Bevor das Ganze zur Mütterberatung wird, will ich an den Ausgangspunkt erinnern. Und der heißt: Stand Ihre Frau unter Druck? Wurde sie ständig kritisiert und gemaßregelt, fürchtete sie, etwas falsch zu machen? War sie überfordert? Unabhängig, wie jetzt Ihre subjektive Auffassung laute, sollten wir auch Ihre Mutter dazu befragen. Ist sie telefonisch zu erreichen?«

Ihn traf ein Blick Schafraneks, als habe der Hauptmann ihn nach den Kronjuwelen gefragt. »Wo leben Sie denn? Natürlich besitzt sie keinen Anschluss, ihr Antrag ist inzwischen mehr als zwanzig Jahre alt. Da ging ich noch in den Kindergarten, als sie ihn bei der Post gestellt hat. Ich kann Ihnen aber ihre Adresse geben, sie wohnt in der Ackerstraße.«

»Sind Sie morgen in Berlin, oder haben Sie eine Tour?«

Schafranek verneinte. Er habe frei.

»Dann schlage ich vor, dass Sie morgen mit Ihrer Mutter ins Revier kommen, dann setzen wir 14 Uhr unser Gespräch fort.«

Barbick schickte sich bereits an, sich vom Platz zu erheben, als Schafranek sich plötzlich nach dem Verbleib seiner Frau erkundigte. Er sei nach Hause gekommen, wo ihn zwar eine, aber nicht seine Frau erwartet habe. Und die hätte ihn gleich hierher ins Revier gebracht. Man habe ihm jetzt zwar Fragen zu seiner Frau gestellt, aber bislang keine Silbe gesagt, wo sie ist und warum er hierher kommen musste. Er schätze, dass das eine mit dem anderen zusammenhing. Und dann wüsste er auch noch gern, wo sein Sohn wäre. »Ist er bei meiner Frau? Oder hat ihn meine Mutter?«

Barbick lief rot an. Das war eine Peinlichkeit, die er mit der Bemerkung zu überspielen versuchte, er meinte, ihm das eingangs des Gespräches mitgeteilt zu haben. Wenn dies nicht geschehen sei, bitte er es zu entschuldigen. Der Kriminalist stotterte, als er offenbarte, dass Frau Schafranek sich aktuell im polizeilichen Gewahrsam befinde, weil es einige offene Fragen zu klären gebe.

»Man kommt nicht gleich in den Knast, wenn es ›offne Fragen‹ gibt«, reagierte Schafranek gereizt. Womit er natürlich recht hatte. Wir lebten schließlich nicht in einer Bananenrepublik, wo die Willkür anstelle von Gesetzen regierte.

Jetzt mischte ich mich ein, weil sich eine Katastrophe andeutete. Warum hatte Barbick auch nicht gleich reinen Wein eingeschenkt? Im Gespräch hatte sich der Anlass schließlich verloren, am Ende war er scheinbar vergessen. Ich erhob mich von meinem Platz, die ernste Geschichte musste auch in angemessener Weise vorgetragen werden. Da konnte man nicht mit übereinandergeschlagenen Beinen einem Manne wie beiläufig erklären, dass er seinen Sohn verloren habe. Und wie wir alle vernommen hatten, mithin sein zweites Kind: Ach, übrigens, ihr Junge ist tot in einer Mülltonne aufgefunden worden, unser herzliches Beileid …

Ich räusperte mich, strich den Schlips glatt und knöpfte mein Jackett zu.

»Herr Schafranek, Ihre Frau hat heute gegen 15 Uhr die Entführung Ihres Kindes bei der Polizei angezeigt. Wir haben daraufhin sofort eine Großfahndung ausgelöst und mit dem Absuchen der Umgebung des Tatorts begonnen. Während etwa andert-halbhundert Menschen den Kiez durchkämmten, haben wir Ihre Frau als Geschädigte vernommen. Gegen zwanzig Uhr wurde Ihr Kind gefunden. Es lebte nicht mehr. Noch ist unklar, woran es gestorben ist. Das wird erst die Obduktion ergeben.

Es tut uns allen sehr leid.«

Ich hatte mit einem wütenden Ausbruch Schafraneks gerechnet. Mit einer wüsten Beschimpfung, weil wir ihn so lange im Ungewissen gelassen hatten. Doch dergleichen geschah nicht. Der große, schlanke Mann rutschte schweigend auf seinem Stuhl zusammen.

Auch wir Polizisten schwiegen betreten, allerdings aus einem anderen Grunde. Wie hatten wir einen derart eklatanten Fehler begehen können? Das gehörte doch zum Einmaleins der Polizeiarbeit.

Schafranek meldete sich nach einer Weile zurück. »Und meine Frau?«

»Es bestand Flucht- und Verdunklungsgefahr«, sagte ich.

»War sie es?«

Ich schüttelte den Kopf. »Nein. Das bedeutet es nicht. Es gibt einen Anfangsverdacht, dem wir nachgehen müssen. So lange wir nicht die Todesursache und die Umstände genau kennen, müssen wir bei den Ermittlungen alle Möglichkeiten in Betracht ziehen. Auch Sie waren zunächst im Fokus. Doch wenn Sie in der fraglichen Zeit in Dresden waren, scheiden Sie als Tatverdächtiger aus. Natürlich, das werden Sie verstehen, werden wir auch das überprüfen. Aber Ihr Speditionsbetrieb und die Firma in Dresden, die sie beliefert haben, werden Ihr Alibi gewiss bestätigen.«

Wie geistesabwesend erhob sich Schafranek von seinem Stuhl. Ob er jetzt gehen könne.

Selbstverständlich, erklärte Barbick erkennbar erleichtert, dass die Situation gerettet schien. »Sollen wir Sie nach Hause fahren?«

Schafranek schüttelte den Kopf. Die paar Meter schaffe er auch zu Fuß, er brauche frische Luft und müsse die Nachricht erst verarbeiten. »Wann kann ich mein Kind sehen? Muss ich es nicht identifizieren?«

Am Morgen galt mein erster Anruf der Gerichtsmedizin in der Hannoverschen Straße. Das älteste rechtsmedizinische Institut in Deutschland, im frühen 19. Jahrhundert gegründet, gehörte zur Humboldt-Universität. Das Gebäude selbst war noch nicht so alt, so um die hundert Jahre, und befand sich in unmittelbarer Nähe der Ständigen Vertretung der Bundesrepublik Deutschland *bei* der DDR. Nicht *in* der DDR. Auf die Präposition hatte Bonn großen Wert gelegt. Nach ihrem Selbstverständnis war die DDR nicht Ausland, was einmal mit diesem *in* demonstriert wurde, sowie mit der Bezeichnung Ständige Vertretung und eben nicht Botschaft. In

Bonn hieß so eine Kneipe, hatte ich mir sagen lassen.

Die räumliche Nähe der diplomatischen Vertretung zum Leichenschauhaus bot natürlich Stoff für schlechte Witze, etwa jenem, dass der Hausherr Prof. Dr. Otto Prokop, sich keine Sorgen um seine Leichen machen müsse. In der Hannoverschen Straße waren so viele geheime und uniformierte Polizisten unterwegs, dass die temporären »Gäste« in der Gerichtsmedizin sicherer ruhten als in Abrahams sprichwörtlichem Schoß.

Ich rief kurz nach acht Uhr an. Zu dieser Stunde begann die Arbeit in allen öffentlichen Ämtern und Einrichtungen. Das war so mit den Kindereinrichtungen und Schulen abgestimmt. Zwischen sechs und acht Uhr gab man seinen Nachwuchs in der Krippe oder im Kindergarten ab und ging oder fuhr dann ins Büro, und waren die Kinder etwas älter, verließ man gemeinsam mit ihnen das Haus: Der Unterricht begann pünktlich acht Uhr. Das gesellschaftliche Leben war minutiös koordiniert, es gab keinen Leerlauf.

Das Telefon am anderen Ende läutete nur zwei, drei Mal, dann nahm jemand ab. Ich meldete mich mit meinem Namen, und ohne dass ich mein Anliegen genannt hatte, vernahm ich bereits: »Ich weiß schon, Sie rufen wegen der Kindsleiche an. Ich habe schon Ihren Kollegen Barbick informiert, aber ich kann es auch Ihnen gern noch einmal sagen: Der

Junge ist an plötzlichem Kindstod verstorben. Oder wie das in der Fachliteratur heißt ›Sudden Infant Death Syndrom‹, kurz SIDS.«

»Plötzlicher Kindstod? Was ist denn das?« Ich hatte davon keine Ahnung.

»Tja, das verwundert mich nicht. Das ist zwar die häufigste Todesart von Kindern im ersten Lebensjahr, aber noch immer nicht erforscht. Die Mediziner rätseln, warum auf einmal die Atmung aussetzt. Neunzig Prozent der davon betroffenen Säuglinge ersticken in der Nacht oder in den frühen Morgenstunden, doch über die Ursachen weiß man nichts. Es gibt zwar verschiedene Hypothesen, aber damit will ich Sie nicht langweilen.«

»Kommt das oft vor?«

»Naja, das liegt im Promille-Bereich, also weit unter einem Prozent.«

»Und dagegen kann man nichts machen?«

»Ich sagte ja bereits: Das Thema ist noch nicht hinlänglich erforscht, deshalb gibt es auch keine Prophylaxe.«

»Und das am Ende des 20. Jahrhunderts? Wir schießen Menschen auf den Mond, verpflanzen Herzen und fertigen Prothesen – aber einen plötzlichen Kindstod können wir nicht verhindern.«

»So ist es, Herr Romahn, so ist es.«

»Sie schicken sicherlich einen ausführlichen schriftlichen Bericht. Doch um es noch einmal klar von Ihnen bestätigt zu bekommen: Sie haben keinerlei Einwirkungen von körperlicher Gewalt an dem Kleinkind entdeckt, es gibt auch sonst keine Hinweise auf andere Schädigungen, auf Krankheit oder Unfall. Mit anderen Worten: Es liegt kein Fremdverschulden vor, der Junge ist quasi an sich selbst zugrunde gegangen.«

»So würde ich es nicht formulieren, aber in der Sache haben Sie recht.«

Gegen neun ließ ich Frau Schafranek aus der Zelle vorführen. Sie sah nicht gut aus. Die Frage, ob sie einigermaßen geschlafen habe, musste ich nicht erst stellen. Sie beantwortete sich von selbst. Und das, was ich ihr zu sagen hatte, würde auch nicht zur Verbesserung ihres seelischen Zustandes beitragen. Wobei: Die Nachricht war für sie vermutlich nicht neu.

»Wollen Sie einen Kaffee«, erkundigte ich mich vorsichtig.

Sie lehnte ab.

Ich insistierte, denn ich kannte die Lorke, die am Morgen den U-Häftlingen zum Marmeladenbrot gereicht wurde. »Wirklich nicht? Ich habe gerade frisch gebrüht.«

Sie willigte ein, wobei ich das Gefühl hatte, dass sie damit meinte, mir einen Gefallen zu tun.

»Milch und Zucker?«

»Danke, ich nehme ihn schwarz.«

Ich reichte ihr die Tasse, sie nahm einen kleinen Schluck.

»Frau Schafranek«, hob ich an, nachdem ich mich gesetzt hatte, »warum haben Sie uns belogen?«

Sie riss die Augen auf und starrte mich an. In ihren Pupillen schienen sich gleichsam Fragezeichen zu kringeln.

»Ja, Sie haben uns angelogen. Ihr Kind wurde nicht entführt.«

Sie leistete Widerstand. »Doch, es ist aus dem Kinderwagen gestohlen worden.«

Ich schüttelte den Kopf. »Nein, ist es nicht. Wir haben Ihren Jungen nämlich gefunden.«

Mich traf ein ungläubiger Blick.

»Er war tot.«

Sie war keine gute Schauspielerin. Vielleicht hatte sie auch schon längst kapituliert. Es kam keine Reaktion. Sie schwieg, schaute zu Boden. Knetete die Hände. Griff wieder zur Tasse, nahm einen Schluck und stellte die Tasse hastig auf den Tisch zurück. Ihr Blick blieb die ganze Zeit nach unten gerichtet. Sie wich mir aus.

»Ihr Junge war bereits tot, als Sie ihn in das Badetuch wickelten und seinen Leichnam in die Mülltonne legten.«

Sie schrie auf. Länger schien sie ihren Schmerz nicht mehr kontrollieren zu können. Ihr Kind war tot, das wusste sie seit gestern selbst, auch wenn ihr nicht klar war, weshalb. Ich ließ sie weinen. Vielleicht half das. Tränen trösteten nicht, aber sie erleichterten.

So saßen wir mehrere Minuten. Ich schwieg, sie weinte.

»Warum?« Ich musste diese Frage stellen. »Warum haben Sie behauptet, Ihr Kind sei entführt worden? Sie wissen, dass dies ›Vortäuschung einer Straftat‹ heißt? Was ist passiert? Was hat Sie dazu veranlasst?«

Sie schniefte laut. »Was sollte ich denn sonst machen? Ich hatte fürs Abendessen kein Brot und keine Butter mehr und bin nur schnell in die Kaufhalle gerannt. Ich war wirklich nur zehn Minuten weg. Nicht länger.«

Wie zur Bekräftigung klopfte sie mit dem Finger auf ihre Armbanduhr. »Der Junge lag in seinem Bettchen und schlief fest. Ich habe mich extra davon überzeugt, bevor ich mir die Jacke übergezogen und die Wohnung verlassen habe. Und als ich zurückkam, war er blau angelaufen und atmete nicht mehr. Ich habe ihn hochgenommen, ihn geschüttelt. Nichts. Ich spürte es, dass er nicht mehr lebte. Eine Mutter spürt so etwas.«

»Sie hätten Hilfe oder einen Arzt rufen müssen.«

»Er war tot.«

»Aber ein Arzt hätte den Tod bescheinigen müssen. Das ist Vorschrift.«

»Ich hatte Angst.«

»Wovor?«

»Vor den Vorwürfen meiner Schwiegermutter, dem Gekeife und ihren unsäglichen Vorhaltungen. Ich tauge zu nichts, bekam ich dauernd zu hören, ich sei eine miserable Mutter. Ihr Sohn habe etwas Besseres als mich verdient.

In diesem Moment beherrschte mich nur ein Gedanke: Sie darf das nicht erfahren!

Der Schmerz über den Verlust meines Kindes war nicht annähernd so groß wie die Angst vor dieser Frau. Und dann mein Mann! Der ist doch aus dem gleichen Holze. Nicht ein einziges Mal hat er mich vor seiner Mutter geschützt. Nicht einmal hat er mich verteidigt. Er gab ihr immer recht.

Ich war verzweifelt. Was ich auch tat, nie war es richtig.«

Ich wollte sie fragen, weshalb sie sich dann nicht von ihrem Mann getrennt habe. Doch es war nicht meine Aufgabe, ihr Eheproblem zu lösen. Ich hatte einen Kriminalfall zu klären. Und der war nun gelöst. Der Rest war Psychologie.

»Und deshalb haben Sie auf diese Weise Ihr Kind verschwinden lassen und es als vermisst gemeldet. Fanden Sie den Ort, an dem Sie es ablegten, nicht …« Ich suchte nach einem passenden Begriff, doch mir fiel keiner ein.

Sie kam mir mit einer Erklärung zuvor.

»Natürlich muss das gefühllos und herzlos erscheinen. Doch ich war nicht bei mir. Ich dachte nicht, schon gar nicht handelte ich logisch.«

Ich nickte. »Die Gerichtsmediziner haben als Todesursache ›plötzlichen Kindstod‹ genannt. Sie trifft keine Schuld. Warum es zum Atemstillstand kommt, weiß man nicht. Sie hätten es nicht verhindern können, selbst wenn Sie die ganze Zeit neben dem Bettchen gesessen hätten. Ihre kurzzeitige Abwesenheit hatte damit nichts zu tun.«

Fast schien es, als flog für Sekundenbruchteile Erleichterung über ihr blasses Gesicht. Dann verwandelte es sich wieder in das einer trauernden Mutter. Die Tränen liefen unablässig die Wangen hinab.

»Frau Schafranek, ich kann Sie noch nicht nach Hause lassen. Wir müssen erst mit der Staatsanwaltschaft klären, ob Anklage gegen Sie erhoben wird oder nicht. Die Vortäuschung einer Straftat ist kein Kavaliersdelikt, keine Bagatelle. Das Strafgesetzbuch sieht dazu vor: ›Wer gegenüber einem staatlichen Organ der Rechtspflege oder Sicherheitsorgan die Begehung einer Straftat vortäuscht, wird mit Freiheitsstrafe bis zu zwei Jahren oder mit Verurteilung auf Bewährung, Geldstrafe oder mit öffentlichem Tadel bestraft.‹ StGB Paragraf 229.«

Sie nickte. Der Kaffee war schon lange kalt. Sie leerte die Tasse, ehe sie sich wieder in die Obhut des Schutzpolizisten begab, der draußen auf dem Gang gewartet hatte.

Nach dem Mittagessen in unserer Kantine fuhr ich wieder in die Brunnenstraße. Hartmut Barbick hatte mir am Telefon gesagt, dass Schafranek und dessen Mutter zur Vernehmung erscheinen würden, sie hätten auch schon das Kind identifiziert. Er habe die

Vorladung nicht zurückgenommen, auch wenn die Sachlage eindeutig sei. Vielleicht benötige aber das Gericht, sofern es zu einem Verfahren gegen Frau Schafranek komme, die Aussagen der beiden. Er wolle nicht noch einmal etwas vergessen.

Schafranek erschien pünktlich mit seiner Mutter im Revier. Sie lief einen Schritt vor ihm. Er ließ ihr den Vortritt, was, wie seine Körpersprache verriet, nicht der Höflichkeit geschuldet war. Er trottete ihr nach wie einer Leitkuh in einer Elefantenherde. Das Bild gefiel mir: Die Frau hatte, das merkte ich schon bei ihren ersten Sätzen, ein ziemlich dickes Fell. Allerdings fehlte ihr gänzlich die Sensibilität der Dickhäuter. Ich gebe zu, dass ich befangen war, mein Vorurteil stand fest. Deshalb überließ ich Barbick das Feld. Ich setzte mich stumm auf meinen Stuhl und schwieg.

Hauptmann Hartmut Barbick informierte sachlich über den Befund der Gerichtsmedizin und betonte, dass die Mutter nicht schuld am Tode des Kindes gewesen sei. Er sagte dies mehrmals, weil die Frau vor ihm wie eine Furie reagierte, als er die Details berichtete.

Natürlich sei dieses liederliche Weib schuld, schrie sie. Sie wäre eine nachlässige Mutter gewesen, habe sich nie ausreichend um ihren Enkel gekümmert, sie wäre auch sonst ihren Verpflichtungen im Haushalt nicht nachgekommen. Hilfe, die sie ihr immer angeboten habe, hätte sie arrogant zurückgewiesen.

So ging es in einer Tour.

Ihr Sohn, der während dieser Philippika schweigend neben seiner Mutter gesessen hatte, bekräftigte mit dem Nicken seines Kopfes die Anschuldigungen.

Trotzdem forderte seine Mutter ein ums andere Mal, wenn ihr die Worte auszugehen drohten: »Junge, nun sag doch endlich auch einmal was!«

»Was soll ich denn sagen? Du hast doch in allem recht.«

Triumphierend wandte sie sich an Barbick und mich: »Hören Sie!«

Sodann fuhr sie in ihrer Tirade fort. Die Frau war einfach nicht zu bremsen.

Am Ende erklärte sie, dass ihr Sohn sich von dieser Schlampe trennen und wieder bei ihr einziehen werde, er habe heute Vormittag bereits seine Sachen aus der Wohnung abgeholt.

Hartmut Barbick hob abwehrend seine Hände, das interessiere ihn nicht. Das wären Familienangelegenheiten, mit denen sich nicht die Kriminalpolizei beschäftigen müsse. Doch als Privatperson habe er eine Meinung, die er ihnen nicht vorenthalten wolle. Er wandte sich direkt an Schafranek: »Ich glaube, Ihre Frau braucht jetzt Ihre Hilfe. Sie sollten ihr beistehen. Sie braucht Zuspruch. Bedenken Sie: Sie hat schon das Kind verloren. Wenn Sie nun auch noch den Mann verliert …«

Sofort giftete die Matrone: »Und ich habe meinen Enkel verloren! Wer tröstet mich?«

Schafranek pflichtete seiner Mutter bei. »Mein Sohn ist tot. Wegen dieser Frau, die sich nicht ausreichend um ihn gekümmert hat. Schluss, aus, ich will mit ihr nichts mehr zu tun haben. Unsere Wege trennen sich.«

»Sie können gehen«, sagte Barbick.

Die beiden rauschten durch die Tür, ohne sich noch einmal zu uns umzudrehen, er einen Schritt hinter seiner Mutter.

Als sie draußen waren, sagte ich: »Was für ein Arschloch.«

Wen ich damit meine, erkundigte sich Hartmut. Ihn oder sie?

Eigentlich beide, sagte ich. Die nehmen sich nicht viel.

Dann solltest du den Plural gebrauchen, sagte Barbick.

Nachdem alle Unterlagen beisammen waren, ging ich damit zum Staatsanwalt. Der war wild entschlossen, Frau Schafranek vor Gericht zu bringen und wegen der Vortäuschung einer Straftat verurteilen zu lassen.

Ich widersprach nicht nur aus Mitleid mit dieser Frau.

Sie sei schon gestraft genug, begründete ich meine Ablehnung. Sie habe ihr Kind verloren, da müsse nicht der Staat auf diese Last, an der sie sehr lange tragen werde, noch etwas draufpacken.

Es gehe um Recht und Gesetz, sagte der Anwalt, das müsse konsequent durchgesetzt werden.

Ob er schon mal etwas von »Gnade vor Recht« gehört habe? Gnade sei schließlich im Sozialismus so wenig abgeschafft worden wie die »höhere Gewalt«.

Der Staatsanwalt schaute mich zweifelnd an. »Höhere Gewalt? Wirst du jetzt fromm?«

»Mitnichten«, entgegnete ich, »der Tod erfolgte objektiv, vom Willen der Mutter unabhängig und nicht von ihr beeinflussbar. Das sage ich als gläubiger Materialist«, und griente dabei.

Der Staatsanwalt klappte den Ordner zu. »Ehe ich mich auf ein Philosophieseminar mit dir einlasse, schließe ich lieber die Akten. Du hast gewonnen, Romahn. Wir klagen nicht. Schick die Frau nach Hause.«

grausamen Verbrechen auf der Spur

Ralf Romahn
Kremserfahrt in den Tod
Authentische Kriminalfälle

208 Seiten
brosch., mit Abb.
12,99 €
ISBN 978-3-360-01317-0

E-Book
9,99 €
ISBN 978-3-360-50140-0

Als Ende der 80er Jahre in Ostberlin wiederholt Kinder bei Kremserfahrten verschwinden und später tot aufgefunden werden, bringt dies nicht nur eine groß angelegte Fahndung in Gang. Die Polizei ruft auch alle Bürger zur Mithilfe auf. Trotz Aufklärung erfährt die Tatserie nach der Wende eine grausame Fortsetzung. Als zuständiger Ermittler schildert Ralf Romahn den Fall und berichtet von den Hintergründen. Detailliert geht er auch bei weiteren Fällen auf die Polizeiarbeit ein, bei der er zuweilen in persönliche Interessenskonflikte gerät. Dass Eifersucht manchmal den Falschen trifft und dass auch Angestellte des Morddezernats nicht immer unbescholten sind, weiß Romahn überaus eindrücklich zu erzählen.

Aus Gründen des Persönlichkeitsschutzes wurden alle Namen von Tätern und Opfern sowie Tatorte verfremdet. Namensgleichheiten sind dem Zufall zuzuschreiben.

Das Neue Berlin –
eine Marke der Eulenspiegel Verlagsgruppe Buchverlage

ISBN 978-3-360-01354-5

1. Auflage 2019

Umschlaggestaltung: Buchgut, Berlin,
unter Verwendung eines Motivs von Jakub Krechowicz, AdobeStock
Printed in EU

www.eulenspiegel.com